JN082426
Yutaka & Kugami
「憑き物ごと愛してよ」

憑き物ごと愛してよ

渡海奈穂

キャラ文庫

この作品はフィクションです。
実在の人物・団体・事件などにはいっさい関係ありません。

目次

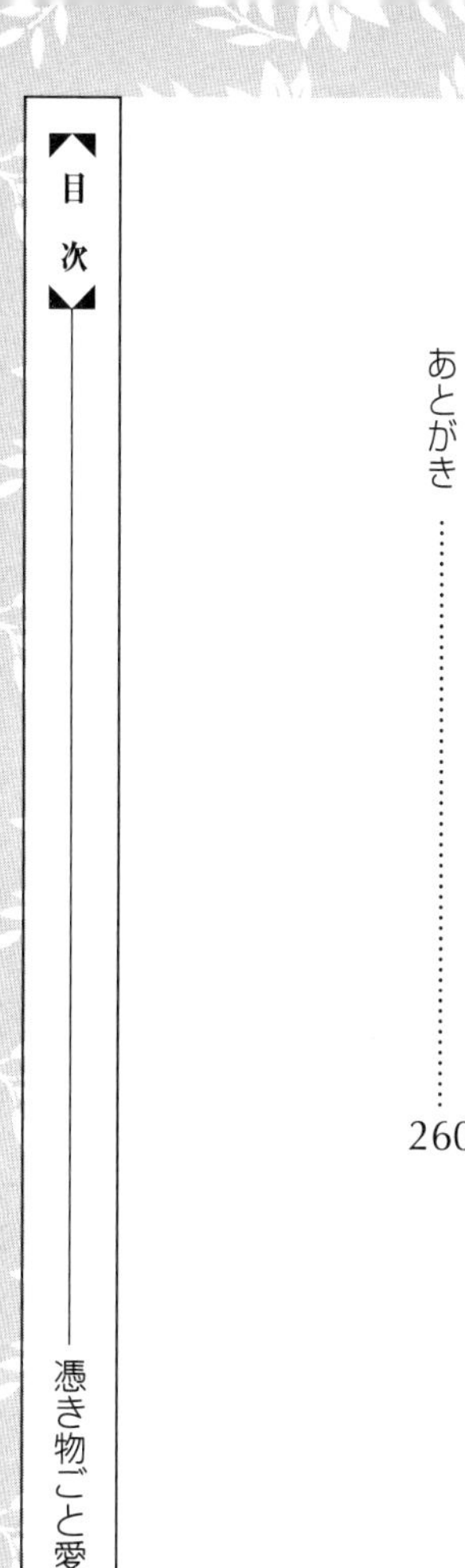

口絵・本文イラスト／ミドリノエバ

1

薄暗い、湿った臭いと仄青(ほのあお)い煙の立ちこめる部屋の中で、低く濁った呻(うめ)き声が響く。獣の唸(うな)りに似ている。

初老の男が声と同じく濁った白目を剝(む)いて椅子に座り、手足をその椅子に縛(いまし)められ、嫌がるように背を仰(の)け反(ぞ)らせている。

獣の声を放つ男の前には、若い男。

黒ずくめの服装に黒い髪、黒い瞳を持つ男は、冷ややかな眼差(まなざ)しで初老の男を——その中にいるモノを見おろしていた。

「薄汚い、化け物め」

吐き捨てることもなく、ただ呟(つぶや)くような声は、それだけで呪言(じゅごん)となってそのモノの存在を刺し貫く。

「ぐ……う……」

初老の男が苦しげにもがき、喉を仰け反らせながら大きく口を開く。

その口から、黒い靄(もや)のような、煙のような影が吐き出され、若い男が出し抜けにそれを摑(つか)んだ。

「消え失せろ」

ジュッと、火の点いたマッチを湿った雑巾にでも押しつけたような音がする。

それで、終わりだった。

◇◇◇

「ありがとうございます……ああ、ありがとうございます……！」

初老の男はベッドに寝かされ、その枕元で女性が泣き崩れている。

何の変哲もない住宅街に建つ一軒家、その一室にいるのはこの金森家の主人である初老の男と、娘夫婦、小学生の孫娘に加え、黒ずくめの男の計五人。

もう一人、金森の妻は体調を崩し、数日前から入院してこの場にはいない。

「父は、大丈夫なんですよね。もう何ともないんですよね、陸海さん」

げっそりと面窶れした金森の娘、栄子がベッドに縋って泣きながら問う。

その脇では栄子の娘、金森の孫娘である咲彩が、部屋の半ばに立つ黒ずくめの男の姿を不安げに見上げている。

昼間の陽光が明るく差し込む部屋の中で、上着もパンツもシャツも靴も、すべてを黒で固めた男の姿は、どこか異質に見える。

泣き顔の少女を見て、黒ずくめの男――陸海はできるだけ目許(めもと)を和ませるように微笑(ほほえ)んだ。目つきが鋭く、険しすぎるほどの陸海の表情が少しだけ和らぎ、怯(おび)えきっていた咲彩が、わずかにほっとしたような顔になる。

「じきに目を覚まします。……しばらくまともに飲み食いをされていなかったようなので、消耗はしているでしょうから、心配でしたら病院へ。ですがもう二度と、我を失(な)くすようなことはなくなるでしょう」

「よかった……！」

咲彩が安堵(あんど)の声を上げる。

「それにしても、すごいな……まるで別の部屋だ」

一人、泣き崩れはせず、ただ呆気(あっけ)に取られた様子で呟きながら部屋を見回しているのは、栄子の夫だ。妻の実家である金森家に同居しているという、会社員の倉田(くらた)。彼もひどく疲れ切った顔をしている。

この部屋は金森の書斎だという。古びているが立派な書き物机と椅子、ぎっしり本の詰まった重厚な作りの書棚、ソファベッドが整然と並べられ、小ぢんまりしているが居心地のよさそうな空間だった。

ただ、窓際に置かれた、おそらく妻か娘が整えたのであろう一輪挿しのアザミの花は、元の色がわからないほどに黒ずんでいた。

枯れているのではなく、腐っている。

「今朝まで、動物園みたいな臭いだったのに」

獣の臭いがよほど不快だったのだろう、倉田はそれを思い出したのか吐き出しそうな嫌悪の顔になった。

「それで一体、義父（ちち）に何が起こったんですか？」

倉田はどこか疑わしげな目を陸海に向けている。

「何か、鎮静剤のようなものを……？」

陸海がこの家に来た時は、金森は手のつけようがないくらい暴れ回っていた。手当たり次第に物を投げつけ、踏み躙（にじ）り、家族に対して罵詈雑言（ばりぞうごん）を吐き出す。

そして金森の体を、どす黒い靄が取り巻いていた。

靄のせいでもはや金森の相貌（そうぼう）もわからなくなり、靄は金森の体を覆うだけではなく、金森のいるこの書斎を中心に、家のあちこちにまで蔓延（はびこ）っていた。

――温順だった金森の言動が荒くなり、家族に暴力を振るうまでに至ったのは、半年ほど前からだという。

最初は彼らしくもない罵倒から始まり、妻に手を上げるようになり、やがては娘や娘婿、孫娘にまで罵声を浴びせ、物を投げつけるようになった。

最初は認知症や脳腫瘍（のうしゅよう）なども疑い、宥（なだ）めすかして病院にも連れて行ったが異常はなく、途方に暮れる家族の前に現れたのは金森の体から湧き出す黒い靄だった。

靄は金森の手足に絡みつき、まるでその体を操っているかのように見えた。

その時には家の中が常に靄が立ちこめたように薄暗くなり、犬猫を飼っているわけでもないのに腥い獣の臭いが充満し、家族の心身も失調を来した。金森の妻は寝付くようになり、娘夫婦や孫娘も頭痛や倦怠感、理由のない苛立ちに嘖まれ、甲斐のない病院巡りの果てに、知人の助言でとうとう『拝み屋』に『お祓い』の依頼をした。

それで呼ばれたのが陸海だ。

「正直、妻や義母が拝み屋さんを呼ぶなんて言い出した時は、とうとうそこまで追い詰められたかって心配になりましたが……すみません、いらした時、失礼なことを言ってしまって」

倉田が頭を下げると、栄子が軽くその腕を叩いた。

「本当よ、せっかく来ていただいたのに、詐欺師呼ばわりで……」

「いえ、胡散臭いのは承知の上ですから」

陸海の姿を見るなり、倉田は苛立ちに任せたように『詐欺師が、どれだけうちから絞り取るつもりだ』と吐き捨てた。

そんな対応に陸海は慣れている。

「陸海さんは本物よ。だってお父さんがこんなに落ち着いて眠っているところ、どれだけ久しぶりか……」

「やっぱり、薬か何かを飲ませたんでしょうか？」

詐欺師呼ばわりを詫びつつ、倉田はまだ『拝み屋』に対する疑念を払拭しきれていないらしい。つい数十分前まで暴れ回っていた金森が気絶したように眠っているのだから、無理もないと陸海自身も思う。

「薬なら私たちも散々試したじゃない。でもちっとも効かなくて……それに、どれだけ空気を入れ換えても、清浄機を買い換えても、業者に頼んだって、あの酷い臭いは取れなかったのに」

栄子の方は、すでに陸海を心から信頼している様子だ。彼女もまた、訪れたばかりの陸海に向けていた目は、半信半疑というふうだったが。

「そりゃまあ……そうなんだけど」

倉田も、妻の言葉に反論を失ったようだ。

「——そうだ。これを、お返ししておきます」

陸海は手に握っていたものを、倉田に差し出した。倉田が受け取り、掌に載せたものを見て首を傾げる。

「これは……指輪？」

「おばあちゃんの指輪だよ」

声を上げたのは、咲彩。

「おじいちゃんが持ってたの。おばあちゃんのだよねって言ったら、怒られて……」

涙目になる娘の頭を、立ち上がった栄子が撫でている。

「そういえば、母が以前買ったものがなくなったって言ってたわ。とても気に入っていたのに、いつの間にかケースから消えてたって」

「盗難届は出さなかったのか？」

初耳らしい倉田が、眉を顰めて妻に問う。

「だってその話をすると、お父さんが怒るんだもの。——これ、お父さんが持っていたのね。でも、何のために……？」

「その指輪が元凶だと思います」

訝る夫婦に、陸海は告げた。

「元凶？」

「金森さんの人が変わったようになったのも。この家が、あの嫌な靄のようなもので包まれたことも」

「え……」

薄気味悪そうな目で、倉田と栄子が指輪を見下ろし、咲彩は怯えたように母親にしがみついた。

「様々な人の手を渡った品でしょう。元々宝飾類には人の妄執が宿りやすい。どうしてもこれを手に入れたいという欲望、手に入れたことによる優越感、手放す時の悋惜。純粋に——美しさに魅入られる人もいますが」

これを購入したという金森の妻の家族の手前、言葉を選びながら陸海は説明する。

「最初にあの靄が取り憑いてたのは、おそらくこの指輪です。人の執着が寄り集まって形を作り、さらに執着を引き寄せてそれを喰らい、力を得ようとする。そういったモノのことを、我々は『憑き物』と呼んでいます」

「憑き物……」

倉田が口の中で呟く。

「狐憑きとか、犬神憑きとか、そういうやつのアレですかね?」

「ええ。憑き物、化け物、怨霊、妖怪、呼び方は人それぞれですが。たとえば死んだ人間の魂が悪霊となって人や場所に取り憑くのとも違う、最初から邪悪な、人を害する存在として生まれた忌むべきものです。普通の人には視認することはできないので、あなた方にも見えていたのであれば、ここにいた憑き物は相当な力を持っていたということになる」

「あの、これ、どうしたら?」

倉田は指輪をいかにも汚いものに触れる仕種で摘まみ、陸海の方に向けている。

「その指輪に憑いていたモノはすでに消し去りました。持っていても大丈夫ですよ。ただ……その指輪自体が執着を生みやすい美しさを持っているようですので、人目のあるところにつけて出かけることは、あまりお勧めできませんが」

「売ろう。またこんなことがあったら、たまったもんじゃない」

「母や父に原因があったということでしょうか」

夫に頷(うなず)いてから、栄子が陸海を見上げて不安そうに訊ねる。

「悪い心を持っていたから、執着が過ぎたから、私たちも含めてこんな目に遭った……？」

「いえ」

きっぱりと、陸海はそう答えて首を振った。

「あの憑き物は、昨日今日……半年程度で育ったレベルではなかった。数十年の単位、もしかしたら百年は昔から、少しずつ力をつけたものです」

「『アンティーク』だって、おばあちゃんが言ってた」

小声で口を挟んだ咲彩にも、陸海は頷いてみせる。

「金森さんご夫妻が指輪に魅入られたのは、単なる偶然でしょう。憑き物は場合によって、呪(のろ)いの道具として使われることもある。たとえばこの家のどなたかに悪意や害意を持つ人間が、わざと指輪を手に入れさせて、毒や病を撒(ま)き散らすように、この家に憑き物を蔓延らせるということも、ないわけではありませんが」

とうとう倉田が指輪を投げ出した。陸海は片手でそれを受け止める。

「金森さんにもあなた方にも、指向性のある呪いはかかっていなかった。あの憑き物からは特定の誰かを傷つけようとする意思が感じられなかった、ということです」

「そんなことがわかるんですか？」

「わかります。というか、もし『誰かを害するため』にあの憑き物が差し向けられたのだとしたら、指輪を手に入れて半年も持ちません。一ヵ月と経たず、この家の全員、亡くなっていたと思いますよ」

「――」

陸海以外、その場の全員が言葉を失った。

「持ちこたえたのは、金森さんを始めとするこの家の皆さんが、善良だったからです。人を傷つけてはいけない、奪ってはいけない、そういうまっとうな心を持っているから、祓うこともさほど手間ではなかった。もし誰か一人でも悪人がいたのであれば、憑き物は金森さんではなくその誰かに取り憑いて、あっという間に殺し、壊し、最後には自身も憑き物に喰われて殺されていたはずです」

泣き顔の孫娘を見て、陸海は小さく微笑む。

「指輪が金森さんに辿り着いたことは、ただの不運です。一生に一度あるかないかの椿事ですから、あとは普段通り、家族仲よく暮らしていれば問題ないと思いますよ」

「あの、父はこのままよくなるとして、母はどうなるでしょう」

栄子に問われ、陸海は一度金森に目を移してから、栄子を見返した。

「金森さんと離されたことで、すでに随分回復していると思います。金森さんからはもう憑き物の気配が完全に消えていますし、病院の許可が下り次第帰宅して大丈夫です」

「よかった……！」

「ええと、その指輪で、依頼料代わりになりますかね？」

安堵する栄子の隣で、倉田が遠慮がちにそう訊ねてくる。

「いくらその憑き物とやらがいなくなったと言われても、手許に置いておくのはさすがに……」

言い辛そうな倉田に、栄子が頷く。

「そうよね……お母さんには私から説明しておくけど、でも、これを売りに行くっていうのも、悪いものを黙って押しつけるようで何だか気が引けるし……」

「わかりました。こちらで処分しておきますので、差額が出れば後日お返しします」

「あっ、差額、返してくれるんだ」

呟いた倉田の背中を妻が叩き、陸海はつい、噴き出した。

「善良な一般の方には安価で憑き物落としをしていますから。最初に提示した金額から追加料金も取りませんのでご安心を」

陸海はベッドの方に目を遣り、金森が深く眠っていることをもう一度確認すると、指輪を上着のポケットに押し込んだ。

「では私は、これで」

一礼して部屋を出る陸海に、残された三人が深々と頭を下げ返した。

陸海が金森家を出て振り返れば、訪れた時は昼間だというのにまるで暗く深い霧に包まれていたような金森家が、日常の中に何でもない顔で建っている。

(気の毒に。ずっと、怖ろしい思いをしていただろう)

だが娘婿の倉田を始めとして、素直な善人ばかりだ。多少は打算や疑念を抱いていたとしても、それは人間らしさの範疇(はんちゅう)で、善性に負けることはない。

そういった、まっとうに生きる人間を理不尽に苦しめる憑き物を祓うことが、陸海の生業だ。

そのつもりはなかったが、気づけば学生の頃から成り行きで憑き物落としを繰り返し、一時は会社勤めもしていたというのに、二十代も後半に差し掛かった今となっては、これが本業になってしまった。

進んでやりたい仕事でもなかったが、持てる力があるのに、金森家のような何の罪も過失もない人々を見捨てることが、陸海にとっては難しい。

できうるなら、憑き物にもそれにまつわる人々にも一切関わらずに生きていたいと強く願っているのだが――。

「――陸海さん」

とにかく数時間かかりきりだった金森家の憑き物からようやく解放され、これで家に帰れると思った矢先に、背後から声をかけられた。

振り返らなくても相手はわかる。ここ数週間、しつこく陸海につきまとってくる相手だ。無視して駅に向かう道を進んでいると、若い男が二人、陸海の行く手を阻むように前へと回り込んできた。

二人とも頑強な肉体を誇示するように、ぴっちりしたスーツを着ている。

もう一人、小太りの中年男が現れて、スーツの男たちを背後に従えるようにして陸海と向き合う。

「今日こそ、聞き入れてもらう。報酬が不満なら、さらに倍額出したっていい」

一度となく依頼を断ったはずの、たしか東間(あずま)という名の男だ。

彼も金森家同様、人伝(ひとづて)に陸海の仕事について知り、自分の身の回りに起こる怪異を何とかしろと、居丈高に命令してきた。

いくつか会社を経営している金満家らしい。興味もないのでろくに聞いていなかったからよく覚えていないが本人曰(いわ)く、経済誌から何度も取材を受けるような辣腕(らつわん)カリスマ経営者だそうだ。

「断る」

長々と話す価値もない。陸海は短く言うと、東間やスーツ姿の男たちの間をすり抜けようとした。

「待て」

スーツの男に左右からそれぞれ肩を掴まれた。心の底からわずらわしさを感じつつ、陸海は東間を振り返る。

東間の後ろに、黒い靄が見えた。

靄は獣のような、人間のような形をしている。ひとつだけではなく、ふたつ、みっつといて、靄から伸びる触手のようなものが東間の首や腕や胴に巻き付いていた。

東間もまた、憑き物に喰われかけている。

「言っただろう。自ら外道に堕ちた輩に貸す手はない」

辣腕が聞いて呆れる。この男は、自分の商売になる相手を憑き物の力を借りて排除していっただけだ。

憑き物は人の負の感情——怯えや憎しみ、悲しみ、強い物欲や過ぎた野心、虚栄心を餌にして肥え太り、力を増す。

そしてその欲を満たしてやる代わりに、人の願いを叶えさせることができる。

負の感情だけで飽き足らなくなると、憑き物は最後には生き物の血肉を欲するようになる。

だから人の恐怖、あるいは生き物の血肉を餌に憑き物を呼び出し、『あの人間を殺せば餌をやる』と命じれば、嬉々として相手を殺して血を啜り肉を喰らう。

巧く操れば、憑き物は便利な暗殺者に違いない。

だがそううまくいくものではないのだ。憑き物は自分に命じた人間の欲望も餌にする。憑き物を使っているつもりで、いつの間にか自分の心身が憑き物に捕らわれ、命が削られていく。

生きていくために必要な精神力をすべて奪われ、体が弱り、最後には生きたまま喰らわれ、殺される。

東間が自ら憑き物を呼び寄せたのか、偶然憑き物の憑いた道具を手に入れたのか、あるいはそういったものを売りつける商売をする輩の甘言に乗ったのかは、陸海の知ったことではない。わかるのは、それにより他人を陥れた結果が、すべて自分の身に返ってきているということだ。人を呪わば穴二つとはよく言ったものだと思う。

自業自得が高級スーツを着て踏ん反り返っているのだから、陸海には笑うしかない。

たまたま憑き物付き指輪を手に入れたことにより災厄が降りかかった金森家とは、根本的に違う。

この男は自ら災いを引き寄せ、それに足を取られているだけの、愚かで間抜けな悪人だ。

「――さらに倍出す」

東間の顔色はどす黒い。死期が迫っていることなど、憑き物の見える陸海のような人間でなくとも一目でわかるだろう。

それでもまだ魂は無事らしいのは、元々まともな人間ではないからに違いない。

「倍の倍、か……」

呟いた陸海に、東間が微かな喜色を浮かべた。最初に東間が提示した金額が、すでにこの国の生涯年収の平均を軽く超えるものだったのだ。陸海がそれに心を動かしたと思ったのだろう。

どす黒い顔にぎらつく笑みを浮かべる東間に向けて、陸海はふと息を吐くように笑った。

「少ないな。最低でもその十倍は必要だ」

「――」

東間の顔が赤黒くなり、もう表情もわからないほどに歪んだ。

「このっ、金の亡者が！　噂通りの強欲だな！」

どっちが、という言葉を陸海は飲み込む。言ったところで通じない。通じるくらいなら、憑き物を使って人を陥れてまで自分が利益を得ようなどという考えに至るはずがないのだ。

「言うことを聞く気にさせてやる」

東間が憎々しげに言うと、陸海の肩にかかったスーツの男たちの手に、力が籠もる。

肩を指で締め上げられ、陸海は微かに眉を顰めて東間を見遣った。痛かったわけではない、相手の愚かさに呆れたのだ。

「俺が何もしなければあんたは死ぬ。それがわかっていて、痛めつけられたうえに、俺があんたを助けるとでも？」

東間の顔がますます赤黒く濁る。

「化け物に命を脅かされる人間を助けるのがおまえの仕事じゃないのか！」

「その化け物に頼った時点であんたも同類だ。むしろあんたみたいな輩を排除する方が、世のため人のためってものだろ」

「……ッ」

東間は顔を歪ませると、その場に蹲（うずくま）った。地べたに頭を擦りつけて、陸海に向け土下座をしている。

「頼む、助けてくれ……！　おい、おまえらも！」

慌てたようにスーツの二人も男と共に土下座をしているが、陸海は彼らを顧みることなく再び歩き出した。

背後で嗚咽（おえつ）のような咆吼（ほうこう）のような声が聞こえているが、まったく陸海の心には響かない。

むしろ嫌悪感が湧くばかりだ。

（あんなに深くまで憑き物に喰い込まれて、どれほど利用してきたんだ）

金森家の人々とは違う。あの男を自分が助ける理由など微塵（みじん）もない。

いい歳をした大人の男が子供のように泣きじゃくる声を背中に聞いても、陸海の良心は疼（うず）きもしなかった。

今度こそ、さっさと家に戻ろう。

そう思って歩き出したのに、また別の声が陸海にかかった。

「相変わらずだなあ、陸海」

今度は何だと、うんざりした気分で陸海は振り返る。

「せっかくああまで頼み込んでるんだから、搾り取れるところまで搾り取って、多少は寿命を延ばしてやれば、お互い益があるだろうに」

当然のように陸海の隣に並んだのは、ひょろりと背の高い優男だ。

「……あんたか」

呟く陸海の言葉は吐き捨てるような調子になった。

「そんな、害虫でも見つけたような目をしないでくれよ。ご同業だろ?」

そう言いながらも、気を悪くしたふうもなくへらへらと笑うこの越阪部(おさかべ)という男のことが、陸海は昔から苦手だった。

ご同業、と本人が言う通り、彼も憑き物落としだ。

「馴れ合う(なあ)ほど親しい仲でもないだろう」

歩き出す陸海の横を、越阪部はやはり当たり前の顔でついてくる。

「さっきのアレ、陸海がいらないなら俺がもらっていいかな? ——いや、もう手遅れか。今晩のうちにも喰われちまいそうだし、報酬をもらうのは無理だろうな」

軽口なのか本気なのかわからないことを越阪部が言う。

越阪部は陸海より少し歳上で、軽薄な雰囲気があるから、とても憑き物落としには見えない。だが霊能者でございという顔でわざわざ和装をしてみたり、黒ずくめのスーツを着てありもしない実力を誇示する奴らより、多少はましだと陸海は思っている。そういう演出をしなくても仕事が舞い込む程度の実力は持っている男だ。

だから陸海からは望まぬながらも、腐れ縁のように長いつき合いが続いている。

「それで、今日は何の用だ」

たしか陸海が前回越阪部に会ったのは、かれこれ三年は前のことになる。

越阪部のテリトリーはもっと西の方だから偶然すれ違うことはあり得ないし、軽薄な見た目のまま悪い女癖や酒癖、ギャンブル癖を持っているので、プライベートで積極的につき合いたいような相手ではなかった。

「いや、たまたまこっちに野暮用があったからさ。陸海は元気かなと思って」

越阪部の方は、昔から妙に陸海を気に入っているようだが。

「用がないなら、わざわざ会いに来なくていい」

「そうつれなくするなよ。少しは同業者同士の情報交換でもしようぜ。おまえどうせ、未だに(いま)ろくろく知り合いがいないんだろ」

「必要がないからな」

どこで誰がどんな憑き物と遭遇し、誰から依頼を受けて、どう処理したのか——そういった情報を、同業者の間で共有したがる者は多い。それが自分自身の身の安全に繋がるからだ。危険な者には極力近づかずにすむように。

だがそんなことは、越阪部に言った通り、陸海には必要ない。どんな相手とどこであろうがいくらでも対処できる。少なくとも他の奴らに比べれば。

「本当、相変わらずだなあ。俺なんて、情報がなければおっかなくって夜道を歩けないよ」

越阪部の方は、憑き物に関してのみ、見た目の雰囲気に反して慎重で、周到な方だった。本人は、「臆病なんだよ」とあっさり口にして笑う。

そういう辺りが、越阪部を完全に無視することなく、一応は相手の言葉に耳を傾けようと陸海の思う理由だ。

「でもその様子だと、まだ陸海の耳には入ってないかな。とんでもない憑き物がこの辺をウロついてるって話」

「……」

陸海は駅に向かうつもりだった足を、人通りの少ない路地の方へと移した。

越阪部もついてくる。

「あんたがとんでもないって言うからには、余程なんだろうな」

「幸い話だけで、相対したことはない。というか、今のところそいつに直接会った者はこの世にいないかな」

越阪部の含みのある言い回しに、陸海は眉を顰める。

「会った奴は全員死んだって話か」

「察しがいいね」

言いながら、越阪部が上着のポケットから煙草を取り出して、一本咥えた。歩き煙草を咎める気は陸海にはない。厄払いのようなものだと知っているからだ。憑き物はある種の煙を嫌う。越阪部が意識的にせよ無意識にせよ話の最中に煙草を吸うということは、雷よけに「桑原桑原」、験直しに「鶴亀鶴亀」と唱えるようなものだろう。

つまりそれほど、その『とんでもない憑き物』とやらが厄介な存在だということだ。

「古久喜家ってのを知ってるか？」

「いや」

「古くは江戸享保の辺りからあるって家でな。まあとにかく長々続く富豪で、その富をもたらしたのが憑き物だと言われている」

「……」

聞くだに不愉快な話だ。陸海は相槌を打つ気にもなれなかった。

「うまいこと憑き物を飼い慣らして、貸し出すことで利益を得てきた。依頼できるのは固い紹介者からの縁故のみ、さらに当主が厳選を重ねて相手を選んで、すべて極秘のうちに進められる。憑き物は決して獲物のお残しはせず……つまり丸ごと骨も髪も食い尽くすから痕跡すら残らず、行方不明で片が付く。たとえ相手がどこにいても」

陸海が知るうちでも、最も醜悪なものだ。

憑き物を使い他人を害することで報酬を得る人間というものはときおり存在するが、大抵は憑き物を御しきれずに自分も喰われて死ぬか、恨みを買って復讐されるか、憑き物落としにより憑き物を祓われて終わるか、とにかく長く続けられるような商売ではない。

それが、数百年――。

「狙われた人間はあっという間に消えるから、俺たち憑き物落としの出番はない。陸海が知らなかったのもそのせいだろうな。『仕事』がすめば憑き物は速やかに古久喜家に帰り、次の依頼を待つ。古久喜家自体は山の奥深くにあって、招かれなければ誰も足を踏み入れることもできない。嘘か実か顧客には国の重鎮もいるとかいないとか……」

「その憑き物が、どうしたって？」

持って回った言い方をするのは越阪部の悪い癖だ。聞きたくもないはずなのに、陸海は先を促した。

「そう、その憑き物が、とうとう古久喜を滅ぼした。さすがに三百年の長きに亘って飼い続けるうちに、制御しきれないほど巨大化、強大化したらしくてな。古久喜家の人間は本家傍流を含めほぼ全員、喰われて死んだらしい」

ようやく報いを受けたということであれば、陸海は本心から喜ばしいことだと言いたいが、嫌な予感がした。

「まさか、その憑き物が野放しになってるってことか」

「うーん、野放し、というのかな。古久喜家は壊滅状態だけど、一人だけ生き残りがいる。それが、古久喜家で唯一憑き物に命令ができるっていうご当主だ。憑き物は当主にだけは従順らしい。今のところはな」

「……そいつが生き残っているなら、古久喜家とやらは滅んだことにはならないだろう？」

「当主自身が滅ぼしたがってるんだよ」

陸海は横目で越阪部を見た。越阪部は咥え煙草の煙を燻(くすぶ)らせながら、陸海を見返している。

「憑き物を祓ってもらう代わりに、古久喜家の財産すべてを譲る。そういう触れ込みで、憑き物落としの間を訊ねて回っているらしい」

「……ふん。手に余って、天敵に泣きついたわけだ」

「めぼしいお仲間のほとんどは手に余ると古久喜家の依頼を断ったか、報酬に目が眩(くら)んで引き受けてすぐに死んだ。ぼちぼち陸海にもお鉢が回ってくるんじゃないのか」

「そんなもの、俺が受けるわけがない」

「だろうなあ」

越阪部は、陸海が憑き物を利用する人間を心の底から嫌っている、憎んでいるといっていいほどだということを知っている。

その手の人間の依頼は、どれだけ金を積まれようが一切受けないようにしている。東間を無視したのもそれが理由だ。

「あんたはどうするんだ？　もし自分に依頼が来たら、受けるのか」

逆に陸海は越阪部に訊ねてみた。この男はいつでも金に困っている。腕のいい憑き物落としだから、依頼人がどんなに極悪であろうと、多少危険な憑き物が相手でも、報酬がよければ飛びつくタイプだが。

「さあな、来てから考えるよ。でも古久喜家の財産と言ったら一生遊んで暮らせるどころか、三代先まで放蕩しても使い切れないほどだって噂だから、つい受けちゃうかもな」

笑って答える越阪部が本気で言っているのか、冗談のつもりなのか、陸海には計れない。飄々とした男だ。

歩き続けているうち、回り道の末にちょうど駅まで辿り着いた。

「それじゃ俺は、この辺で。どうせ誘ってても乗ってくれないだろうけど、たまには立ち話だのお散歩じゃなくて、飯くらい一緒に食べてくれよな」

陸海は越阪部の言葉には応えず、追い払うように片手を振ってみせた。越阪部が苦笑して、駅構内へと消えていく。

陸海も駅に入り、自宅へ戻る電車に乗った。

（数百年続く、憑き物使いの家か）

越阪部の話を思い出し、陸海は胃の腑が焦げるような、嫌な感触を味わった。

（これまでやりたいだけ他人を踏み躙ってきたんだ、勝手に滅びろ）

今日は金森家の憑き物落としだけで疲れたところに、浅ましい東間の顔を見て不愉快になった挙句、越阪部の話を聞いて、もううんざりを通り越している。

まだ陽の高い時間だが、どうせ朝も昼もない商売だ。帰って風呂にでも浸かってから、気がすむまで寝てやろう。

陸海はそう決めたが、しかし、今日はとことん厄日というのか、とにかく千客万来だ。

電車を降り、改札口を出たところで、今度はまったく聞き覚えのない声に呼び止められた。

「陸海さん」

澄んだ、軽やかな若い男の声だった。

次は何だと、陸海はうんざりした気分で自分の向かいに佇む人影に目を向ける。

「陸海与志等さん、ですよね？」

二十歳くらい――いや、まだ成人はしていないかもしれない。

品のいい、高そうなスーツをすっきりと着こなしているが、顔立ちも体つきもまだ青年と言い切れるほど熟していない。

随分涼しげな、端整な顔立ちをした男だった。

少し気味が悪いほど色白で、髪の色も瞳の色も淡い。

微笑む相手の姿を見て、陸海は、心の底からぞっとした。

金森家の主人とも、東間とも違い、憑き物特有の黒い靄を身に纏ってはいない。

だが、わかる。

こいつは、身の内に、とんでもない化け物を宿している。

「おまえ――一体、何を飼っている」

陸海の問いに、相手は応えることもなく、訝って意味を問い返すこともなく、ただ端然とその場に立ったまま陸海に視線を向けていた。

「はじめまして。僕は、古久喜温といいます」

「――」

たった数十分前に越阪部から聞いた名を、相手はたしかに名乗った。

加減なく眉を顰める陸海を見返して、古久喜温は、にこりと、目を細めて笑った。

2

立ち話では何ですからと言う温（ゆたか）の先導で、陸海（くがみ）は駅近くのカフェに入った。

「……それで、俺に何の用だ」

嫌々ながらに陸海は訊ねた。

越阪部（おさかべ）の話を思い返せば、温が陸海の元を訪れた理由などひとつしかない。

だが温は憑き物落としの依頼の前に、

『僕の話を聞かなければ、陸海さんが後悔することになると思うな』

という思わせぶりな言葉だけを口にした。

知ったことかと突き放すこともできたはずなのに、結局温についてきてしまったのは、彼の中に感じる憑き物の気配があまりに異様だったせいなのか、あるいはあらかじめ越阪部から話を聞いていたため余計な気懸かりが生まれてしまったからなのか、陸海自身にもわからない。

ビルの二階にある、窓一面が硝子（ガラス）張りになった店で、温は陸海の向かいでやけに物珍しそうに地上の道を歩く人たちの姿を見おろしている。

「おい」

誘っておきながらなかなか口火を切ろうとしない温に、陸海は突慳貪（つっけんどん）に呼びかけた。

「――ああ、失礼。こんなに大勢人がいるのが、おもしろくて」

温がようやく陸海の方を見た。

大勢、といってもここは主要駅でもない私鉄の小さな駅周辺で、通勤通学時間も外しているから、店から見える人通りなど大したものではない。

「古久喜(こぐき)家っていうのは、どんな山奥にあったんだ？」

陸海は様々な嫌味を込めて言ってやったつもりだが、温は頼んだ紅茶のカップを手にして笑っただけだった。

「陸海さんは、憑き物落としとしては破格に有能だと聞きました。すべての望みを絶たれた者が辿り着く人だと」

熱い飲み物が苦手なのか、温はそう言うと、何度も紅茶を冷ますためにカップに息を吹きかけている。

その様子を、陸海は冷淡な眼差しで見遣(みや)った。

「自分で憑けたんじゃないのか、それは」

目には見えない憑き物。

いる、と感覚だけで知る人間もいるが、陸海は特に目がいい。普通の人間は勿論(もちろん)、多少は憑き物を見る力がある人間にすらわからない時でも、陸海だけにははっきりとその姿が見えることが多い。

なのに今、温の体にも、その周辺にも、憑き物の切れ端すら見えない。

だが『いる』ことは間違いなかった。

（相当な数だ）

にわかには信じがたいほどの量の憑き物が、温の中に『いる』。

「僕の意思ではないです」

ようやく飲める温度まで冷めたのか、温が紅茶のカップに口をつける。すぐに眉を顰めた。

「あんまりおいしくないな」

「だが呪われてはいない」

たとえば東間のような輩に憑き物を差し向けられたのであれば、悪意や害意が対象の人間の方に向く。

しかし温の中にいるモノは、温を傷つける意志を持っていないようだった。

（あり得ない）

憑き物に関われれば、呪われた標的も、呪った本人も、負の感情を餌にされて必ず消耗する。躱すには憑き物から逃げ切るか、消し去るか、封じるしかない。

一時的に振り払うことができても、憑き物は目的を果たす――呪えと示された相手を殺す――まで、執拗に標的につきまとう。

呪われた人間には憑き物の残滓や悪臭、それも独特な攻撃性を孕んだものがこびりつくため、陸海にはそうとわかる。

なのに温に呪われた臭いはなかった。

憑き物がそばに存在するだけで、敏感な人間なら息苦しく、恐怖と嫌悪感に心身が失調しても不思議ではない。金森(かなもり)家の人々がそうだったように。

温はまったく平然とした様子なのに、憑き物はすでに彼の奥深くに根づいているのだ。

こんな状態を、陸海は他に見たことがない。

「そうですね。どちらかといえば、守られているので」

温の言葉に、陸海はさらにきつく眉根を寄せた。

「あいつらは人を餌としか思っていない。一見人に利益を与えているように見えても、最後にはその人間すら喰らい尽くすのが憑き物だ」

「だから僕が最後の一人なんですよ」

わざとなのか、それともそんなつもりはないのか、どちらにせよ温の説明はどこか要領を得ない。

「順を追って話をしましょうか」

苛立つ陸海に、温が微笑んだ。

「僕の家の話です。ご存じかどうかわかりませんが、古久喜家はざっくり三百年ほど前から始まるまあまあ古い家で、僕がその十二代目の当主なんですが――」

それでは平均で二十代半ばには代替わりをする計算だ。思わず問い返した陸海に、温が頷く。

「三百年で十二代？」

「何しろよく死ぬもので。当主に限らず、古久喜家の人間はまあポコポコと気軽に死にますね」

とても真面目に話しているようには聞こえない。温のふざけた物言いが、陸海には気に喰わなかった。

「決して名をつけてはならない憑き物を家に招き入れたのは、古久喜家の二代目だと聞きます」

憑き物に名を与えてはいけないのは、陸海のような商売をしている人間にとって常識だ。

「僕もくれぐれも名をつけぬよう、周りの人たちから言い聞かされて育ちました。だからこれをただ、『奥座敷』や『奥』と呼んでいます。憑き物は、大抵当主と共に家の奥にある座敷にいたからです」

憑き物に名を与えれば力を増す。到底人の手には負えなくなる。

三百年も憑き物を手懐けていた家らしく、古久喜家は憑き物の扱いに精通していたようだ。

「古久喜家の当主はかつて表向きには村役人で、庄屋とか庄役とか呼ばれる立場でした。最初のうちは呪いなんかじゃなく、些細な願いをかけていただけだと思うんですよね、さすがに。治水工事がうまくいくようにとか、年貢の取り立てがうまくいきますようにとか——そのために邪魔になる人間が排除されますように、とか。願いを聞き入れてくれたのが神様ではなく憑き物だったと、知っていたのか知らなかったのか……ま、知ってたんじゃないかなとは思いますが」

「……」

温は射るような陸海の視線を受けても、何ということのない、泰然自若としか表現しえない態度で微笑んでいる。

「そのうち村の人や、噂を聞きつけた遠方の人の悩みごとに乗っては、その悩みごとの種を取り払うような助言をして、見返りを受けるようになった。勿論、自家の困りごとについても『奥』に頼った。やがて古久喜家の人間は働かずとも金を湯水のように使う暮らしができるようになりました」

「で？　それを聞いて、俺が何を後悔するんだ？　そんなクズ共と憑き物を放置していたことについてか？」

「それもあるでしょうね」

皮肉として言った陸海の言葉を、温はまったくそれとして受け取らず、当然のことのように頷いた。

「陸海さんなら説明するまでもないだろうけど、憑き物を使う代償は相当なものです。それも三百年分、他人どころか身内まで『奥』の餌になり、当主であろうと例外はない。古久喜家ではとにかく多産を推奨して、それでも絶え間なく死に、死んで、死に続けて、とうとう僕一人になった」

越阪部の話通りだった。

温が本当に古久喜家の当主だとすれば、彼はすでに天涯孤独の身ということだ。

だがその声には悲愴も寂寥もなく、顔には端整な笑みが浮かんだまま。

陸海の胸糞が悪くならない理由がなかった。

「当然の報いだな」

「ですね」

「――それで最後の一人であるおまえが、憑き物落としに命乞いをして回っているわけか。憑き物に殺されるのが怖くなって」

「いえ。僕は守られてると言ったでしょう。僕の中にいる憑き物に僕を殺す気はありません。こうまで溺愛されるのは三百年のうちでも初めてのようです。憑き物が殺すためではなく人の体を根城にし続けるというのも、異常なことでしょうし」

そう、とても異常だ。

（こんな化け物を宿していて、消耗もせず、平然と自我を保っていられるなど）

普通の人間であれば、中に入り込まれた時点で狂っている。

正気を保っていられる方が異常としか言いようがない。

「長年憑き物は奥座敷に棲み着いていて、当主はただ憑き物のご機嫌を取るために同じ部屋で寝起きしていましたが、僕みたいに体の中に棲み着かれたのは初めてです」

冷水のポットを持ったカフェのスタッフが、空いているグラスを探して店内を歩いている。だが陸海たちの席近くを通りがかっても、そのテーブルの上には一瞥もくれずに過ぎていった。

店員のみならず、今は店内にいる誰もが陸海と温の存在に意識を払っていない。陸海がそう仕向けている。人のいるところで憑き物に関する話題が出る時は、いつもこうしてちょっとした術を使い、周囲の善良な市民に余計な不安や不信を与えないよう心懸けているのだ。

「おかげで僕は何をどうやっても死ねない体になってしまった。生まれてこの方、些細な怪我も病気もしたことがありません。僕を害しようとした人は憑き物に殺される。僕は働かなくても勝手に目の前に金が積まれ、物が積まれ、食べ物や飲み物が並べられるから、餓死や凍死なんかも不可能でしょうね。先に言っておくけど、僕がそうしてほしいと望んだことは一度もない」

温が身につけているスーツもシャツもネクタイも、すべて清潔で品よく、そして高価そうな代物だった。それも彼が選んだわけではなく、憑き物が彼の前に積み上げたもののひとつだと言うのか。

「それで、そのために何かが、誰かが、代償を払っているんだぞ」

憑き物が金を持って店で買い物をしてくるわけがない。どこかで奪ったものを温に献上しているというわけだ。

「でしょうね」

温は微笑んだまま頷いた。

「残念ながら、やめてほしいという僕の意思はまるっきり無視されます。与えられる愛情は一方的なもので、僕には止める術がない。なるべく望み、願いごとを口に出さないよう気をつけてはいますけど、彼らは僕に必要だと思うものを勝手に選んで与えてきますので」

憑き物と意思疎通のできる人間はいない。望むものを与えられれば自分の意思が通じているという錯覚を受けるが、わかりあえることは絶対にあり得ない。

「そんな便利な憑き物なら、憑き物落としに会いに来る必要はないんじゃないか。周りの人間にどれだけ迷惑をかけようとも、おまえ自身は困らないだろう」

「僕は三ヵ月後に十八の誕生日を迎えるんですが……」

聞いてもいない個人情報を教えられる。知りたいとも思わなかったが、しかし、十七歳かと陸海は内心で少し驚いた。もう少し上、大学生くらいに見えるが、まだ高校生ということか。

「それが？」

「それと同時に、憑き物は僕を花嫁として迎え入れ、子を孕ませて産ませるでしょうから、それを阻止したいんですよね」

「……」

　周りに会話が聞こえないようにしておいてよかったと、陸海は心から思った。

「憑き物は古久喜の女を娶り(めと)ます。年に一度、ちょうど十八になる女を選んで憑き物に差し出すという契約が続いている。憑き物に孕まされた女は人の形をしていない子を産み、憑き物はその子を喰って、生き続けるための力を得る。これを三百年、繰り返してきました」

　陸海ですら、聞くに堪えない悪習だ。

　古久喜家では憑き物を使って殺す相手ばかりではなく、同族ですら自分たちと同等の人間として見ていない。

　最悪なやり口であることはそれとして、陸海には疑問が浮かんだ。

「男だろ、おまえ」

「ええ、見ての通りですが」

　温がご丁寧にも自分の体を陸海に見せつけるように、両手を広げた。

「何しろ僕が最後の一人なもので、僕以外に契約できる人間がいなくなってしまったんですよね。憑き物はそれを了承しています。証として心臓の上に印をつけられている。お見せしましょうか？」

「やめろ」

　そう言いながら、温が今度は自分の胸の辺りに手を置いた。

　周りが気に留めなかろうが、見たくもない。嫌がる陸海を見て温が笑う。

「この体では雌性生殖器に子を宿すことはできないけど、相手は憑き物ですし、腹の中のどこかしらに種を植え付けて、僕の血肉を養分にして子を育てさせるつもりなんだと思います」

「――何だ。結局は命乞いか」

「化け物に犯されて孕まされるなんて、真っ平御免ですからね」

化け物、と表現しても温の中の憑き物は特に反応をしないようだ。

憑き物によっては、少しでも自分を侮り、嘲り、あるいは怖れる様子を見せれば、あっという間に体も魂も食い尽くすこともあるのだが。

「その運命をどうにか回避するためにめぼしい憑き物落としに当たってみたんですが、ほとんど門前払いでした」

これも越阪部の話通りだし、関わり合いにならなかった者たちは非常に賢明だと陸海は思う。

こんな化け物を相手にしていたら、いくら命があっても足りない。

「果敢に挑戦してくれた人たちも大体死んで、残りも心身に何らかの障害を負って再起不能になるか、ごく一部の人は途中で逃げました」

それも当然の結果だろう。憑き物に対する知識と力と判断力があれば、いくら金を積まれようとも手を出すはずがない。

逆に言えば、軽率に引き受けるような輩は知識も力も判断力もなく、よって温の中にいる憑き物に敵うわけがないのだ。

　一度引き受けておきながら逃げ果せた者は、限りなく運がよかったに違いない。

「ですのであなたが最後の頼みです、陸海さん」

「断る。俺は化け物が嫌いだし、欲をかいて化け物に関わっていたい目を見る人間がより一層嫌いだ」

　陸海の答えは越阪部の話を聞いた時から変わらなかった。

「おまえを助ける気なんてさらさらない」

「でも大勢死にますよ」

　話は終わったとばかりに腰を浮かしかけた陸海は、温の言葉でその動きを阻まれる。

　温はじっと、色素の薄い瞳で陸海をみつめている。

「あなたには俺の中に居る化け物がどんなものなのか、もうわかっているでしょう」

「……」

「これが力をつければ、もう誰にも止められない。そうすれば、どれだけの数の人間が死ぬことになるか」

　温の言葉に、陸海は反論することができなかった。

　他人事のような温の声音やどこまでも悠然とした笑みは気に喰わなかったが、彼の言ったことは事実でしかないとわかる。

　ただでさえ、彼の中にいる憑き物は、彼一人の中に収まっていることが不思議なくらいの力を持っている。

憑き物がその気になれば、瞬時にしてこのカフェは血の海になるだろう。陸海も、ぎりぎりのところで窓でも破って、逃げ出せるかどうか確信が持てない。確実に反撃する術も、事前に止める策もない。

そんな憑き物を平然と身の内に留めている温の存在も異常であり、その血肉や魂を苗床にして産まれる憑き物——もはやそれは憑き物と呼べるような生易しいものでない気がする——がどれだけの力を持っているのか。

おそらく一日とかからず、この街にいる人間程度は喰らい尽くすだろう。

そしてその存在に惹(ひ)かれた別の憑き物、悪霊、雑霊の類が次々集まって、一年後にはこの近辺に人が正気で住める場所はなくなる。

たった数時間前に仕事をすませた金森家が、陸海にはすでに懐かしい。あれはたとえ失敗したところで、一家惨殺『程度』ですんだはずだ。

五人の心身を喰らって満足した憑き物は、再び指輪に根城を戻し、別の誰かの手に渡るのを待ちながら、腹が減るまでは当分大人(おとな)しくしていただろう。

（そもそも三百年も同じ家に居着く憑き物なんて存在がおかしいんだ）

あるいは三百年も憑き物を囲い続けられた古久喜家がおかしい、というべきか。

その報いで今、最後の一人になっているのは別にいい。どうあったって、当然の報い以外の言葉が陸海には浮かばない。

だがそのとばっちりで、罪のない大勢の人たちが古久喜家とその憑き物に蹂躙されると思えば、陸海は腸が煮え繰り返ると同時に、全身が冷えるような、矛盾した感触を味わう羽目になった。

（最悪だ）

それ以外の言葉がない。

そう思いながらも、陸海は座席から立ち上がった。

「他を当たれ。とにかく、俺に関わる気はない」

「あなたで駄目なら他の人には無理だと聞きました」

食い下がる温に見上げられても、陸海は冷淡な目でそれを見返した。

「それが何だ。俺は絶対に、おまえらの益になるようなことはひとつもやらない」

それが陸海の本音だった。

これまで何十人、下手をすれば何百人もの人々を私欲で不幸にした家の末裔を助ければ、自分もその不幸に荷担することになる。

せめて束間のように醜く、無様に地べたに這い蹲り泣き喚けば、少しは心が動いたかもしれないが――。

（いや、逆か。むしろ嫌悪感が消しようもなくなった）

だからどちらにせよ、陸海に温を助ける道筋はないということだ。

席を離れると、それまで遠ざかっていた店内の喧噪（けんそう）が陸海の耳に一気に流れ込んでくる。もう誰に会話を聞かれても困らない。陸海はこれ以上温と話す気はなかった。

「陸海さん」

呼びかける温の声は無視する。

振り返らず去ろうと思ったのに、会計をすませて店を出る間際、陸海はふと自分の座っていた座席を振り返ってしまった。

温はまだそこにいて、置いていかれた子供のようにぽつんと座っていた。

窓の外を見るでもなく、紅茶を飲むでもなく、ぼうっと陸海が座っていた向かいの席を眺めている。

なぜか見てはいけないものを見たような気分になり、陸海は足早にその場をあとにした。

おはようございます、と澄んだ軽やかな声を家の外に聞いて、陸海は寝床で顔を顰めた。

（また来た）

枕元の時計を見れば、午前十時過ぎ。朝早くという時間でもないが、せっかく寝入ったところを叩き起こされて不機嫌になる。

いや、時間も寝起きだということも関係なく、陸海がうんざりするのは当然だ。

ここのところ日を空けずに家を訪れるのは、二度と会うつもりのない、例の古久喜家のご当主だからだ。

「開けてください。陸海さん、古久喜です」

ドアベルを鳴らし、ドアを叩き、反応がなければ声を上げる。

陸海が住んでいるのは住宅街から少し外れて駅からも遠い古びた一軒屋で、他の住宅は密集しておらず雰囲気は閑散としていて、だからこそ温の声はやたらと響く。

初めて家に押しかけられた日も、温は根気よく延々と陸海の名を呼び続けた。無視し続けるにはうるさいが、玄関に出向くのも癪で、二階の寝室の窓から「帰れ」と書いた紙を丸めて投げてやったのにまだ居座るので、次には警察に「未成年者が昼間から学校にも行かずに街をうろついている」と通報してやった。

それを繰り返すこと三回。今日で四度目にしてやろうかと携帯電話を手に取った時、ようやく温の声が止んだ。

だが立ち去った様子はない。温の、というよりは温の中にいる憑き物の気配が、まだ玄関前に佇んでいる。

さすがにこう毎日通報するのでは勤勉で善良な警察官に申し訳ない気がして、放っておこうと陸海は頭まで布団を被(かぶ)った。

しかし何しろ圧迫感のある憑き物の気配が動きもしないから気になって、二度寝することもできない。

陸海は嫌々ながらに起き上がり、それでも玄関には向かわず、食堂で遅い朝食を摂(と)った。料理をする習慣はないので、買い置きしてある食パンを、焼きもせずバターもつけず、生のままで口に押し込む。不味(まず)くはないが美味(うま)くもない。朝食なんて、動ける程度のカロリーが取れればそれでいい。

それを水で胃に流し込み、タブレット端末でニュース記事を一通り確認した頃、陸海はようやく玄関に向かってドアを開けた。

チャイムと声が止んでから三十分以上は経っているはずだが、門の向こうに温が佇んでいた。今日は気温が高いからかスーツではなく、白いシャツにくすんだ薄緑色のパンツを身につけている。門の向こうは緩やかに下る坂道になっていて、温の背後でそのアスファルトから陽炎(かげろう)がゆらゆらと立ち上り揺れていた。

一瞬、それが憑き物の影のようにも見えたせいで、相手を無視しようと思っていた陸海は、つい温の方に視線を向けてしまった。

「おはようございます」

微笑んで声をかけてくる温から、陸海はすぐに目を逸(そ)らした。

「何度来られても引き受ける気はないぞ」

「また一人死にました」

「……」

温の言葉には反応せず、陸海は突っ掛けサンダルで庭に出る。

家の庭はそこそこ広いがあまり手入れが行き届かず、草も木も生え放題だ。ゆうべ雨が降っていたから、初夏のこの時期、水が溜まれば孑孑が湧く。水やり用の蛇口の下に据えてあったバケツや、外から投げ込まれたらしい空き缶の水を空けていく。

「古久喜の屋敷を出ても、別に喧伝したわけでもないのに、どこからか人が集まるんですよね。自分の願いを叶えてほしい。金ならいくらでも出す。僕は断ったんだけど、朝のニュースで、先日僕のところに来た人が変死体でみつかったと知りました」

「……おまえに会いに来た人間がか？　そいつが殺せと依頼した相手ではなく」

不審に思い、陸海はつい温に訊ねてしまった。

「だから僕は断ったって言ったじゃないですか。でもその人にはすでに、他の憑き物が憑いていた。誰かに憑けられたのか、それとも欲でギラギラしているから勝手に寄ってきたのかはわかりませんけど。それでその人が死んだ後、憑き物だけが僕のところに戻ってきました」

ちらりと視線だけで見遣ると、温は自分の腹の辺りに手を当てている。

「どうも僕は憑き物にとって、よほど魅力的に感じる存在のようですね。欲のある人だけじゃなくて、憑き物まで次々寄ってくる。僕の中に棲み着いている憑き物がそれらを食べて、また大きくなる」

「蠅取草(はえとりぐさ)みたいな奴だな」

陸海の感想に、温が笑い声を立てた。

「蠅取草に生き物を誘引する性質はありませんよ」

温は生真面目なのか、冗談を言っているのか、陸海に皮肉で返したつもりなのか、判別がつけ辛(づら)いことを言う。

古久喜家の当主の周りに群がるのは、化け物に縋ってまで成功したい、人を陥れたいと思う類の人間ばかりだろう。

そしてそういった人間の持つ強い執着心や功名心や劣等感に惹かれ、憑き物も寄ってくる。温の中に宿る『奥座敷』だか『奥』だかいう憑き物は、そういう、いわば雑魚(ざこ)の憑き物を餌にして、ますます自分の体を肥え太らせているらしい。

(そんな奴らで喰い合うなら、勝手にすればいい)

温の許を訪れたという男が死んだのは、彼に憑いていた憑き物が、彼よりも温に惹かれた結果だろう。いらなくなった古い宿主は殺して喰って、次の獲物に温を選んだ。

だが温には怖ろしい力を持つ憑き物がすでに宿っており、そいつの餌にされた。

(その男が死んだことは自業自得でしかないが、温(こいつ)の中の憑き物がさらに力をつけたっていう

のは、最悪だ）

げんなりした気分になりながら、陸海は草の生い茂った庭にしゃがんだ。

言外に温の話をこれ以上聞きたくないと主張するように門の方に背を向け、地面に放ってあった錆び付いた鎌を手に取ると、日頃は滅多にやらない草取りを始める。

背後でギィッと錆びかけた門の開く音が聞こえたが無視した。

「放っておいていいんですか？」

温の声が間近で聞こえる。どうやら門を開けて、庭の中に入ってきたらしい。

「何を勝手に入ってきてるんだ、人の家に」

「放っておけば、どんどん死にますよ」

元凶が言う台詞ではない。陸海は手にしていた鎌の先を地面に叩きつけた。ざくりと土の中に刃が埋まる。

「おまえが今すぐ死ねば、全部解決するんじゃないか」

他人事のような言葉に腹が立って言い放つ陸海のそばに、温が近づいて来た。

「それはまあ……そうなんですけど」

温の手が伸びて、陸海が地面に刺した鎌の柄を摑む。

何だ、と怪訝になり温を見上げた陸海は、ぎょっと目を見開いた。

温は錆と土で汚れた鎌を何の迷いもなく自分の首に宛がい、そのまま力一杯真横に引いたのだ。

「バ……ッ」

反射的に陸海は立ち上がり、温の腕を摑んだ。

だがそれ以上動くことができず、ただ絶句する。

——鎌の刃が、温の首に当たることを嫌がるように、ねじ曲がっている。

「ね？」

陸海を見て首を傾げる温は、どこか困ったような笑みを浮かべていた。

「死ねないんですよ、僕の力では、どうやっても」

「……」

その苦笑を見た時、最悪なことに、陸海は温からの依頼を引き受けるしかないと悟った。

温の中の憑き物を落とせるのは自分しかいない、という以上に——たとえ死なないとわかっていても、一切の躊躇(ちゅうちょ)なく刃物を首に当てて引いてみせた少年を放っておくことが、自分には不可能だと感じてしまったからだ。

死なない、とわかっているということは。

(……最低でも一度は、本気で死ぬつもりで試したということだ)

一度限りではないだろうということも、陸海は何となく察してしまう。

そうなると、温の他人事のような言動も、温和な笑顔も、まるで逆の意味に思えてくるのだ。

（だからといって同情する気はないが……）

これは放っておけば、きっと寝覚めが悪くなる。

温の覚悟に、陸海はほんの少しだけではあったが、反撥心を収めた。

「俺の仕事は高いぞ」

そう言って温の腕から手を離す。巻き込まれただけの善良な一般人には安価で、それ以外の輩からは搾り取れるだけ搾り取るのが陸海の信条だ。

「憑き物のもたらした古久喜家の財であれば、いくらでも好きなだけ」

温の返答を聞いて、陸海は「やっぱりやめた」と言いかけたが、よくよく見れば相手がどこかしらほっとしたような表情になっているのを見て、辛うじてその言葉を飲み込む。

「まあ、性質が性質だけに、僕の手を離れたらどれだけ陸海さんの手許に残るかはわかりませんけどね」

しかしすぐにふてぶてしい笑顔になってつけ足した温に、やはり早まったかもしれないと陸海は悔やんだ。

3

「憑き物落としがすむまでは、陸海さんの家にいさせてくれませんか」

これからいろいろ支度をして、準備がすんだら連絡をすると告げた陸海に、温がそんなことを言い出した。

「嫌に決まってる」

陸海は即座に断る。依頼は受けるが、住処の世話までする義理はない。

「でも、行く場所がないんですよ」

「ご立派なホテルにでも泊まってるんじゃないのか、今」

「僕の中の憑き物が活性化していて、どんどん他の憑き物を呼び集めようとするせいで、今いるホテルが何というか、魑魅魍魎の見本市みたいになりつつあるんですよ。長居しないよう連泊は避けているんですが、それもさすがに限界があって」

じゃあ野宿でもしろ、と言いたいところだが、建物の中だろうが外だろうが、きっと温の中の憑き物はやりたいようにやるだろう。

「それに昼間のうちは憑き物も僕の中に身を潜めていますから、祓うとすれば夜でしょう？多分三百年分成長した憑き物をどうにかするには、いくら陸海さんでも一晩二晩じゃ無理なんじゃないかな。夜な夜な俺の取ったホテルの部屋に通っていただいても、こちらは一向に構いませんけど」

陸海は叶うなら温の頭を張り倒してやりたい気分になったが、堪えた。

憑き物にやり返されることを怖れたわけではなく、七つも八つも年下の子供に対して大人げないと、辛うじて理性が働いたからだ。

幸い陸海の家は、一人暮らしをするには無駄に広い一戸建てだ。

「宿泊代も報酬に入れておくからな」

「それはもう、いくらでも」

善良な依頼人以外には嫌がらせの意味で法外な報酬を吹っかけるようにしているが、温に限っては自分の方が不愉快な気分になるのだと思い至って、陸海は二度と金銭について言及しないことを決めた。

「二階の北の四畳半を貸してやる。一応客間だが何の手入れもしてないし、世話をする気もないからな」

「北向きか。まあ、いいでしょう」

なぜ譲歩してやるという語調で言われなければならないのか。大人げなく温を張り倒す前にと、陸海は庭から家の玄関に移動した。温も当たり前の顔で陸海についてくる。

「で、荷物は。あまり無駄に持ち込むなよ、客間に入る分だけだ」

お育ちのよさそうな、暮らし向きに関しては一切苦労をしたことのないであろう相手だ、きっと山のような衣類や生活用品を好きなだけ運ばせているに違いない。

「ありません」

先に釘を刺したつもりの陸海は、温の答えを聞いて眉を顰め振り返る。

「何?」

「身ひとつ、というやつです。世話はすべて他の人がしてくれていましたから、僕には生活していく上で何が必要かなんてわかりませんし」

世間知らずだということを、こうまで堂々と言い切る人間を、陸海は初めて見た。呆れるしかない。

「なら世話する奴ごと家から持ってくればよかっただろう」

「でも普通の人は自分のことは自分でやるものなんでしょう? 僕も、一回くらいは庶民の暮らしっていうのを体験してみたくて」

「……身ひとつと言っても、財布くらいは持ってきたんだろうな?」

温はわざわざズボンのポケットの布をひっくり返して陸海に見せた。

「ありませんね。生まれてこの方、財布というか現金もクレジットカードの類も持ったことがないので」

「じゃあどうやってホテルの部屋を借りてたんだ?」

「支援者の方にお願いして。昔から、連絡ひとつで何でもやってくれる人がいるんですよ。二日前に古久喜家の生き残りが僕だけと知って、管理してやるから自分を後見人にしろ……と態度を豹変させて脅してきたあと、行方不明になりましたけど」

温が平然とした顔で言う。

いろいろな意味で、温は浮世離れしすぎていた。

自ら憑き物に関わる人間は、基本的に生い立ち、環境、立場や信条が常識的な人間とは一線を画していることが多いが、温はとりわけ極端だ。

「住はともかく、衣食の世話まで俺にしろというのか」

お断りだ、というつもりで陸海が言った時、家の前の坂道を勢いよく駆け上がる車の音が聞こえた。エンジン音のやかましさに陸海がついそちらを見た時、衝突音と共に塀が揺れ、何かが倒れる音が響いた。

さすがに何ごとかと門の外に出ると、若そうな体型の男が、地面に倒れた大型自動二輪車を慌てた様子で起こそうとしているところだった。

「――大丈夫か？」

どうやら坂道を登るために無駄にエンジンを吹かしたせいで、道を曲がりきれず、坂の頂上にある陸海の家の塀に激突したようだ。

とはいえ大したスピードは出ていなかったようで、石塀の一部が歪んでいるが、乗り物にも乗り手にも目に見える損傷はない。

「だっ、大丈夫、大丈夫です、すみません。すみません」

少なくとも人の家の塀を破壊したのだから、警察に連絡しなくてはならない。それを怖れたのだろう、男は陸海が止める間もなく、大慌てでバイクに跨がると、あっという間に逃げ出した。

「行っちゃいましたね」

いつの間にか温も道に出ていて、小さくなるバイクの姿を見送っている。

(……まあ、いいか)

どうせ大した手入れもしていない家の塀だ。元々崩れているところもあるし、連日警察に連絡するのもまた面倒なので、陸海は放っておくことにした。

「あ」

陸海がそのまま家の中に戻ろうとした時、温が声を上げた。振り返ると、地面に落ちている何かを拾っているところだった。

二つ折りの革財布だ。

「僕が来た時は落ちてなかったから、さっきの人が落としたんですかね」

「……」

陸海は温の手から財布を取り上げて、中身を確認した。免許証はなし、クレジットカード一枚にポイントカードが三枚、レシートと、あとは現金が札で三万三千円、小銭が一円玉三枚。

結局警察に届けないとならないようだ。通報すればわざわざ自分から警察署などに出向く必要はないのだろうが、事故の処理で時間が取られる方が面倒な気がしたので、適当に拾ったことにして預けてしまおうと決める。

「警察に行ってくる」

「はい」

陸海は一度家の中に戻って身支度を調えると、財布を持って、再び外へ出た。

別に頼んでもいないのに温はついてくる気らしく、門を出て歩き出した陸海の隣に並んだ。好きにすればいいと思って、陸海はそのまま道を進む。

温に話しかけもしないし、温も黙って陸海の隣を歩いているだけだ。

最寄りの派出所は歩いて十五分ほどの駅近くにある。駅前に至るまでは人通りも車通りも滅多になく、普段は非常に行き来のしやすい道が続くのだが。

いつも使う細い路地では、急なガス工事のためだといって、迂回を求められた。

仕方なく、少し遠回りになる道を選んで歩いて行くと、今度は行く手を塞ぐ警察官の姿が見える。

「またか……」

警察官の向こうに見える民家から、もうもうと黒煙が上がっていた。辺りの道は消防車と救急車と警察車輛が塞ぎ、警察官は通行人の迂回を指示するために誘導棒を振っている。

その警官に財布を渡そうと声をかけてみたが、「手続きが必要になるので、警察署に持っていってほしい」と断られてしまった。押しつけて去ることも考えたが、野次馬の整理に忙しい警官の手を煩わせるのも非人道的な気がして、陸海は結局さらに遠回りをすることに決めた。

この時点ですでに、嫌な感触しかしない。

派出所まで歩いて十五分のはずが、もう二十分以上が経過していた。

ようやく迂回路から駅前に続く道に出た時、立ち往生している老婦人と目が合った。老婦人は陸海を見るとよろよろと近づいて来て、手に握り締めていたメモ書きを見せてくる。

「ねえお兄さん、このお店には、どう行けばいいのかしら」

「……次の信号を曲がってしばらく行くと大きな看板が見えるので、それに従って歩いていけばいいと思いますよ」

「ご親切に、どうも」

老婦人は陸海に礼を言って去って行った。

そこから三歩も歩かないうちに、子連れの妊婦が買いもの袋の中身を地面にぶちまけて立ち往生するところに遭遇した。

「……」

しゃがむのも一苦労という妊婦を手伝って落ちたものを拾ってやったあと、今度は転んで道に座り込んだまま泣き喚く未就学児と行き合った。

周りに保護者の姿も見えず、仕方なく手を貸して起こしてやったところで母親が飛んできて、繰り返しお礼を言われた。

——その調子で、ひとつひとつは些細なことではあるが何度も足止めを喰らい、ちっとも派出所に近づくことができない。

「何が何でも、僕に不自由をさせないつもりですね」

ようやく駅に近づいたが、今度は踏切の前で長々と遮断機に阻まれ、他の通行人たちが殺気立ってきた頃、温がそう呟いた。

「多分この道、僕がここにいる限りいつまでも通れませんよ。他の人たちに悪いから、もう引き返しませんか」

笑いながら言う温の口調は、すでにこんな状況に慣れっこだというようなものだった。

遮断機が上がるのを待つために車や自転車や通行人が列を成し、それぞれ苛立ちを露わに舌打ちしたり、「いつまで待たせんだよ」と独り言を言ったり、後ろの方からはクラクションが鳴らされている。

このままでは苛立った者同士でトラブルが起きかねない。

陸海は仕方なく道を引き返すことにした。

別の道を通れば、かなり遠回りにはなるが交番には辿り着くはず。しかし——。

（いくら遠回りをしても、目的が『温が拾った財布を交番に届ける』ことである限り、永遠に辿り着けないいんじゃないか？）

財布を手にした時に感じた嫌な感触、嫌な予感が的中したのだと、陸海は察した。

「これまでの経験上ですけど、多分この財布を僕が素直に受け取らないと、持ち主が危険な目に遭うんじゃないかな」

そのうえ温の駄目押しだ。

「おまえの中にいる憑き物の妨害ってことか」

「陸海さんが、度を越した不運の持ち主ということでなければ。それと、そろそろ財布は僕が持った方がいいかもしれません。僕からそれを奪おうとしていると認識されたら、陸海さんが危険なので」

「……」

不本意すぎるほど不本意だったが、陸海は拾った財布を温に手渡す。

（そうか、こいつがついてきたのは、そのためか）

もし温を残して、財布を持った陸海だけが家を出たとすれば、その時点で温の中の憑き物は陸海を害そうとしただろう。『温の財産』を奪った者として。

だとすれば、たとえば代理の誰かに頼もうが、郵送で警察署に届けようが、財布を手にした誰かがろくでもない目に遭う未来しか見えない。

（遺失物の届け出は、一週間以内だったか……）

それまでに温の中の憑き物を始末すれば、財布は無事持ち主に返るだろう。相手が物損事故を起こした上に警察への報告義務を怠るような人間だとしても、こちらが遺失物横領罪なんてつまらない罪状のために後ろめたい気分を味わいたくない。しかもほぼ温のせいだというのに。

その温は、特に罪悪感を覚えた様子もなく財布を自分のポケットにしまっていた。

「財布の中に手はつけないので安心してください。ただそうすると、別の人の財布がまた僕の手許に転がり込んでくる羽目になると思うので……」

要するに、結局温の衣食住の面倒を陸海が見なければならないということだろう。いずれ報酬に上乗せして返してもらうにしても、陸海はどうも納得がいかない。

いかないが、こうまで外の世界に影響力のある憑き物を放っておくのはあまりに危険だと、身を以(もっ)て理解してしまった。

憑き物がろくな存在ではないのは重々承知していたが、それにしても性質(タチ)が悪すぎる。財布を落としたバイク乗りは、火災の被害に遭った人は、無事だろうか。その他、ここに来るまでに関わり、派出所までの道のりを阻んだ人たちは。

（歩く災害みたいな奴だな）

ちっとも悪怯(わるび)れる様子もなく、悠然とすら表現できそうな態度で隣を歩く温を横目で見て、陸海は舌打ちしたくなった。

これほどふてぶてしい神経の持ち主だから、長きに亘って憑き物とつき合えたのだろう。

知れば知るほど関わり合いになりたくなくなったが、本意ではないとはいえ依頼を受けることを決めたのは陸海自身だ。

中途半端で投げ出すことは、矜持が許せないというだけではなくとにかく危険なのだと、これまでの経験上知っている。

（祓わない限り、逃げられない）

一度依頼を受けてから逃げられたという人間がいたということが信じられないくらい、温の中にいる憑き物は強力で凶悪だ。

「でも話に聞いていたのとは少し違うな」

家への帰り道、むっつりと黙り込む陸海の横で、温が面白そうに笑った。

「陸海与志等という人は、憑き物落としとしての力は人並み外れているけど、その分傲慢で独善的で、金しか信じるところのない人でなしだという話だったのに」

自分の評判はそんなものだろうと、陸海も認識している。憑き物を利用して人を陥れようとして、逆に自分が足を取られるような人間に対し、優しい対応が取れるわけがない。

同業者も嫌いだ。親切心や使命感から人を助けているのはごく一握りのお人好しだけで、他はそれこそ金の亡者ばかりだ。憑き物を利用した奴らの儲けの上前をはねるだけならともかく、不運にも憑き物に関わってしまった普通の人を故意に怯えさせ、必要以上の金を搾り取るような輩は、憑き物以下のそれこそ人でなしだと思っている。

そういう内心を一切隠さずに人づき合いをしているので、陸海は同業者の誰からも評判が悪い。

越阪部のような物好きでなければ、近づこうともしてこない。

「金の亡者どころか、三万円入りの財布を律儀に警察に届け出ようとするうえに、あんなボロ屋に住んでるとか……」

温は面白がっている。

「ボロ家が不満なら帰れ」

家の前まで戻ってきて、門を開けながら陸海は言った。陸海が生まれるよりはるか以前に建てられた家だ。

「ボロ家に住んだことはないから楽しみです」

皮肉なのか、本心なのか、温の言動はいまいち判別がつかない。陸海にとっては別にどちらでもいいというか、どうでもいいが。

家に上がる陸海に温も続く。

温は物珍しそうに、玄関から廊下から、陸海の向かう居間まで、きょろきょろと辺りを見回していた。

陸海は居間に入り、スプリングの壊れかけたソファに身を投げ出すように座る。

「一人ですか？」

温は居間までついてきて、部屋の中を眺めながら陸海に訊ねた。

「見ればわかるだろう」

陸海は家が古いのは構わないが散らかるのは我慢できないので、居間に限らず、この家のどこもかしこも必要最低限なものしか置かず、殺風景な眺めだ。

家具のすべてに年季が入っていて、色褪せている。

他に人が住んでいるなら、もう少し生活感が出るだろう。

以前、水道工事の業者が来た時は、「廃屋ですか……？」と怪訝そうに訊ねられた。

「二階の北の部屋」

温に貸してやる部屋の場所はもう説明したはずだ。なのに居間に入られることに抵抗があって、陸海はソファに凭れて無愛想に天井を指さした。

さっさと出ていけ、と言外に伝えたつもりなのに、温はソファの向かいにあるテーブルの前に立ちっぱなしだ。

そしてどこを見るでもなく、どこかぼうっとした顔で視線を宙に投げている。

陸海はそこで初めて、温の顔が真っ白になっていることに気づいた。こめかみからは止めどなく汗が流れている。

「……おい？」

さすがに陸海が声をかけた時、温の体が崩れた。がくりと膝を床に着き、片手で顔を覆った。

「……どうした」

まさか、体の中の憑き物が何かしているのか。そう陸海は疑ったが、そういった気配は感じられない。

温は浅い吐息を漏らしながら俯き、微かに笑っている。

「ちょっと、人酔いを」

「人酔い？」

それほど混雑した場所に行った覚えはない。この辺りは駅前ですら都心に比べれば人影はまばらだし、せいぜい踏切の前で小さな渋滞が起きた程度だった。

「……家にいた時は、身の回りを世話する者としか、顔を合わせることもなかったので……」

吐き気を堪えるように時々声を詰まらせながら、温はそれでも笑っている。

「憑き物に頼みごとがある客が来る時も、一人ずつとしか会いませんでしたから。でも家を出てから、毎日、自分から人に会ったり歩き回ったり……これでも割合、慣れた方なんですが」

憑き物のおかげで怪我も病気もしたことがない、と温は言っていた。だがこういう体調不良はどうにもならないようだ。

手を貸す気にはならなかった。陸海はただ、小さく肩で息をする温を眺める。子供ではないのだから、自分の判断で横になったり、水でも飲んだり、汗を拭いたりできるだろう。

そう思うのに、いつまでも白いままの温の横顔を見ていると、どこか後ろめたく感じてしまう自分が、陸海には忌々しかった。

「階段を上がる気力もないなら、適当に横になれ。見苦しい」

優しい言葉などかける気も起きず、吐き捨てるような口調で、それでも陸海は温に言ってしまう。

温が小さく首を振って、よろめくように立ち上がった。

「もう大丈夫ですよ。見苦しい姿を晒し続けると、陸海さんが落ち着かないようですから」

「……」

いちいち癇に障る。少しでも仏心を出しそうになった自分が、陸海にはますます腹立たしい。

(こいつは憑き物を使って、当たり前に人を出し抜き続けた家の人間なんだ)

弱々しい姿を見せることすら手管なのではと疑った方がいいに違いない。

一度大きく息をつくと、温は背筋を伸ばして体勢を立て直した。顔色は血色がいいと言えるようなものではなかったが、今にも倒れそうな雰囲気は少し薄れている。

「でも陸海さんは一人で、大丈夫なんですか。この部屋、ボロ家という以前に、人間が住んでいる感じがしませんよ」

黙ってさっさと二階に去ればいいものを、温は余計なことを言う。

「家族とか、奥さんとか、彼女とか。いるものじゃないんですか、外の人には」

外、というのは、古久喜家以外の人間すべてのことだろう。それほど隔絶された状態で生きてきたらしい、この少年は。

「皆死んだ」

答える必要もなかったのに口にしてしまったのは、陸海が苛立ち続けていたからだ。

「両親も、姉も、友人も、恋人も」

陸海自身も最後の一人なのだ。

「全員殺された」

「――憑き物に？」

温に問われて、陸海は息を吐くように笑う。

「いや、憑き物にじゃない。憑き物を利用して自分の益を増やそうとした人間にだ」

自分と同じ境遇だなど、温に言わせるつもりはない。

古久喜家のような人間共が存在するせいで、陸海はすべてを奪われてきたのだから。

温はどんな顔をするのだろう。笑うのか、怒るのか、悔やむのか、それとも何も感じず態度を変えないのか。

「そうか」

陸海の見遣る先で、温はただそう言って、陸海を見返している。

「だから陸海さんは一人なんだ。人間が嫌いだから」

温が揺らげばいいと思って言ったのに、あまりに明け透けな言葉を返されて、陸海は絶句した。

（おまえが言うのか、それを）

自分から、奪った側の人間が。

「僕は人間が好きですよ。底のない欲も、それに抗えない弱さも」

陸海はとにかく言葉がない。

それは決して、奪い続けた側の人間が言うべき言葉ではないはずなのに。

「……他人事のように……」

毒突きつつ、陸海は不思議と怒りが湧かない。

怒りをぶつけたところで温が揺らぐと思えないせいだ。

（揺らいでいるのは俺だ）

陸海はずっと怒り続けていた。今の自分と同じ仕事をしていた父親と、それに寄り添う母親が死んだ時から。親代わりだった姉まで犠牲になった時も。気のいい友人が、自分の力を過信した陸海のミスに巻き込まれて命を落とした時も。二度と人を近づけまいと思っていたのに、諦めずに自分を慕う女性を拒みきれないままに助けられなかった時も。

おまえらさえいなければと、温のような人間たちに怒り、蔑みを向けて生きてきた。憑き物もそれに好んで関わる輩も、すべてこの手で殺してやると決意を持ち続けた。

一人で生きるうちに怒りは少しずつ冷えて、だが灼けるような苦しみよりももっと重たい、凍りついた塊になって陸海の腹の奥に埋め込まれている。怒りで自分を見失うようなことはなくなった。誰かを殺したいと思えば思うほど体も頭も冷えて、冷静に、冷徹な判断を下すようになっていた。

迷うことは一度もなく、憑き物を始末して、それに関わる人間に対する同情心など一欠片も持たずにやってきた。

――なのに温の言動を見ていると、純粋な怒りを持ち続けることができない。

（どうしてこんな、子供如きに）

以前にも温と同じくらいの年頃の人間と会ったことがある。面白半分で憑き物に手を出し、友人や家族を傷つけて、自分自身も身の自由を失った高校生。泣きながら悔やんでいたが、陸海は少しも同情しなかった。

子供であろうが、憑き物に手を出さない者は絶対に手を出さない。育った環境、生まれ持った資質、それが本人のせいではないにしろ、だから許せるというものではなかった。同情などしていてはきりがないし、何より彼らに奪われる側が浮かばれない。

世の中には奪う者と奪われる者しかおらず、陸海が助けたいのは絶対的に後者の方でしかない。ほんの少しでも前者に心を寄せてしまえば、何の落ち度もない人間が傷つき、命すら落とす羽目になるのだから。

温は紛れもなく奪う側の人間だ。それも、陸海がこれまで見てきた中で最も長く根深く憑き物と馴れ合っている。

だが温を見ていると、怒りよりも、どこか嫌な気分を味わう。

（……早く仕事を終えて、追い出そう）

相手が決して相容れることのない存在だという事実は揺らぎようがない。

自分に視線を向けるままの温から、陸海は目を逸らした。

「陽が落ちた後に憑き物落としをする。それまで休むなり何なり、好きにしろ」

素っ気なく言った陸海に温が頷く。

「そうします」

微笑みを残して、温が居間を出ていった。

陸海はいつの間にかソファで転た寝をしていた。温と余計な話をしたせいだろうか、大事な人たちが死んだ時の記憶をそのまま夢に見た。勿論寝覚めの気分は最悪だ。

窓の外を見ればすでに陽が落ちている。

じっとりと汗をかいていた。それが気持ち悪いせいだけではなく、湯を浴びるために風呂場に向かった。夜が来たのならば、仕事の時間だ。

仕事の前にはなるべく身を清める。寝ず休まずに幾晩も憑き物と対峙する時もあるのだから、そのこと自体に意味があるかはわからないが、気分の問題だ。

全身に水を浴びて心を鎮めて神経を研ぎ澄ませる。

風呂を出ると、清潔な新しい服に身を包んでから、二階に向かう。

階段を登る足が重たい。浮かない気分になるのはいつものことだ。憑き物を消すことで復讐ができると昂揚する気分になれたのは、十代の若い頃までだった。

今はただ、憑き物やそれに関わる奴らはいつになったら絶えてくれるのだろうかと、微かに倦んだような気持ちを持て余しながら彼らの許へ向かう。

「——開けるぞ」

二階、北向きの四畳半。

客室とは名ばかりで、押し入れに黴臭い布団が押し込んであるだけの部屋のドアを、陸海は開いた。

温も寝ているかもしれないと思っていたが、起きていた。部屋の明かりは点けず、畳敷きの床で、どこか気怠そうに身を起こし、陸海を見ると少し笑った。

「ああ、もう、そんな時間ですか」

そういえば温は腕時計の類をしていない。携帯電話を手にするところも見た覚えがないので、時計を気にせずこれまで生きていたのかもしれない。年齢で言えば高校生に該当するのだろうが、学校に通っているとも思えなかった。ずっと家にいたのだろう。憑き物と共に。

陸海は手にしていたものを床の四隅に置いた。火の点いた香を入れた香炉。その様子を温は座ったままじっと見ている。

明かりをつけないままの薄暗い部屋に、香の煙がゆっくりと拡がっていく。

「嫌な臭いだな……」

温の呟きは独り言のようだった。まだぼうっとしているように見えるのは、今まで眠っていて起きたばかりのせいなのかと陸海は思ったが――。

(違うな。緊張しているのか)

温も少し浮かない顔をしている。目が伏せがちになり、余計な軽口も叩かない。

「気持ち悪い……」

また独り言のような温の声。眩暈（めまい）を堪えるように掌で額を押さえている。

(……いる)

この香を不快に感じるのであれば、それは温の中に憑き物が居着いているということだ。

勿論あらかじめそれはわかっているが、反応が顕著だ。

陽の高いうちはそれこそ眠りについているかのようにおとなしく身を潜めていた奴が、温の中で蠢（うごめ）き出している。

煙たい薄暗がりの中で、陸海は温の向かいに腰を下ろし、彼に目を凝らした。

知らずにきつく眉根（まゆね）が寄る。

（やはり、一匹じゃない……）

温の一番中心にいるのは、陸海が今まで出会った覚えがないほど桁外（けたはず）れに強い力を持つモノだ。あれが、『奥（おく）』だか『奥座敷』だかと彼が呼んでいた憑き物だろう。

だが温の中に蟠（わだかま）っているのは、それだけではなかった。大した力を持たない、陸海であれば片手でひねり潰（つぶ）せそうな憑き物がいくつもいくつも——異常な数、存在している。

温自身が「力の弱い憑き物が寄ってきて、『奥』に喰われる」と言っていたが、喰われずそのままのものもいるらしい。

（なぜこれで生きていられるんだ）

陸海は改めて愕然（がくぜん）とした。

憑き物は、そばに在るだけでも心身が消耗する。それ自体が毒のようなものだ。本来前向きな思考の持ち主でも、猜疑心（さいぎしん）や嫉妬心（しっとしん）、自己愛と欲望が肥大して、言動に抑制が利かなくなる。痛みや疲労を感じなくなり、祓わなければ死ぬまでそれが収まらない。

だが温はこれだけの憑き物を身に宿していても、自分の意思で動いていられる。外を歩けば消耗はするようだが、それは憑き物のせいではなく、本人の言う通り人に慣れていないからというだけだ。

憑き物には『支配される』ものだと陸海は思っている。憑き物の方が強いから、人間の精神がコントロールされる。例外はない。少なくとも陸海の知る限り。

だが温の中の憑き物たちは、温の精神には侵蝕することなく、ただそこに『いる』。

温が憑き物よりも強いというわけではない。

信じがたいことだが、憑き物の方が、温の心身を蝕むことなく共存することを選んでいるのだ。

（簡単に引っ張り出せるんじゃないか、これは）

憑き物を祓うには、まず取り憑いている人間の体から引き摺り出さなければならない。陸海たちはこれを指して、「憑き物を落とす」と言っている。

憑き物を落とすためには、本人の意思を覚醒させなければならない。自分が自分であることを思い出し、我を取り戻せば、憑き物の力が弱まる。

陸海は特殊な香を使うことが多い。今、この部屋の中でも焚きしめているものだ。憑き物が嫌う臭い。これから逃れたくて、憑き物が人間の中から離れようとする。そうすれば憑き物の支配が弱まり、憑かれた人間の意識が明瞭になる。その隙を突いて憑き物を力尽くで外に引き摺り出し、祓う。

だが温の意識はそもそも明瞭だ。陸海はじっと、その色素の薄い瞳を覗き込んだ。

温はどことなく苦しげな表情で陸海を見返している。

「憑き物が自分から離れるよう、強く念じろ」

陸海は低く、ゆっくりとした声で温に告げる。香の効果で、陸海の言葉は憑き物に支配された人間の精神にも届くはずなのだが。

「やってます」

――いわば催眠療法のように相手の意識をコントロールして、憑き物に抵抗するよう誘導する方法は、うまくいかない。そもそも温は自我を保っているから、陸海の言葉による助けが要らないのだ。

陸海が今まで遭遇したことのない、厄介な状況だった。温の心身は憑き物の影響を受けることなく、だがその存在は彼の中に根深く宿っていて、ある意味で安定した状態だ。

香は効かない。雑魚なら嫌がり動揺するはずなのに、ざわざわと蠢く程度で留まっているのは、一番強い力を持つ『奥』の存在のせいだ。寄らば大樹の陰、という言葉が陸海の頭に浮かぶ。

一体どこから手をつければいいのか。

考え込む陸海の見遣る先で、温がふと、深い溜息をついた。

温はひどく青ざめている。さらに眩暈が強くなったように目を閉じた。

「……ああ……やだな……」

また、独り言のような声。何度も息を吐き出し、片手を畳の上につき、片手は自分の体を抱くように腹の辺りを押さえている。

そのシャツの襟元から、ぞろりと、黒い靄のようなものが湧き出した。——憑き物だ。

黒い靄は襟元から、袖口から湧き出て、温の肌を撫でるように這い回っている。

白く細い首筋に絡み、腕から手首を撫でるように伸びていた。

「いやだ……」

息を乱す温が、苦しげに、消え入りそうな声を漏らす。

蒼白かった顔が、わずかに上気しているようだった。目許と耳が赤い。

温の体の表面を憑き物が這い回っている。

温は拒むように首を振り、瞑った目尻から薄く涙が滲んでいる。

(何だ、これは)

陸海は苦しげな温の様子をみつめた。

憑き物に取り憑かれた人間のそばにこんな黒い靄が見えるのは珍しくもない。人間を取り殺すために触手のような靄を首や体に巻き付かせ、精神を喰らい、弱った体の血肉を貪って生きるのが化け物の本性だからだ。

だがこれは、違う。

温の中の憑き物は、温の心身を喰おうとしているのではなく——。

「いや……ぁ……っ」

か細い悲鳴のような声を零し、温が目を開けると縋るように陸海を見た。

黒い触手が温の首筋を伝って這い上がり、唇をこじ開けようとしている。

嫌がって首を反らしながらまた声を漏らす温の姿に、陸海は見てはいけないものを見たような気がして、そんな自分にわずかな困惑を覚えた。

（こんな子供に、何を）

明らかに温の方が憑き物に体を弄ばれ、怯え嫌がっているのに、なぜか憑き物の方が惑わされているように見えるのもまた、陸海自身不可解だ。

（とにかく、これを、引き剝がさなくては）

そもそものために温も陸海もここにいるのだ。

陸海は温の口の中に潜り込もうと蠢く黒い靄に手を伸ばした。外に出ているものなら触れられる。触れたらあとは力尽くで引き摺り出すだけだ。陸海は憑き物を直接摑んで消すことのできる力があった。他の憑き物落としは道具や呪言に頼ることが多いが、陸海は自分の身でもそれができた。

だが温に纏わりつく憑き物を握り込んだ時、温の体がビクリと大きく震えた。

「……ッ」

温の漏らした今度の声には、強い苦痛が滲んでいる。

憑き物は強い力で温の肌に吸い付いて、離れようとしない。このままでは温の皮膚や肉ごと千切れそうだ。陸海は反射的に手を引いてしまった。

(何て執着だよ)

憑き物は人間の心や血肉を喰らい、消費して、殺す。壊すことを楽しみながら。

だが温の中の憑き物は、温の心身を喰おうとしているのではなく、まるで愛されたくて駄々を捏ねる子供のように必死に温にしがみついている。

「いい、から……無理にでも、引き剝がして、ください」

喘ぐような呼吸の中で、温が陸海に訴えかける。

「もう、いやだ……こんな、毎晩……、……っ……ぁ……」

耐えかねたように温が畳の上に倒れ込み、何度も体を震わせた。目許を手の甲で覆い、小さく啜り泣いている。押し殺そうとしているのに漏れ続けている声には、苦痛だけではなく、快楽が滲んでいた。

憑き物に力尽くで悦びを与えられて啜り泣き、床で体をのたうたせる温の姿を、いい気味だと嗤うことは陸海にはできなかった。

温が泣いているのは、化け物に体を弄ばれ、それで乱れる姿を他人に、陸海に見られているせいだとわかるからだ。嫌悪と恐怖で青ざめるほどなのに、無理矢理与えられる快楽をやり過ごすこともできず、きっと温の自尊心は滅茶苦茶に踏み躙られている。

「……陸海さん……早く……」

温の泣き声を聞いて、陸海はしばし呆然としていた自分に気づいて、舌打ちした。憑き物の前で気を抜くなど、命取りだ。

改めて温の体に手を伸ばす。乱れたシャツの裾から入り込もうとしている憑き物の触手に指を絡める。

「んっ……う……」

温の体が痛みのためか強張った。

また陸海が指の力を弱めかけると、温の手にそれを上から押さえつけられる。

「……いいですよ、多少の、痛みは……」

自分の体が引きちぎれてもいい、とでも言うのか。だが、多少という痛みではないはずだ。その証拠に温の肌にはじっとりと脂汗が浮いていた。陸海が力尽くで憑き物を引き摺り出そうとすれば、温は苦痛で意識を失うだろうし、その後で無事に目覚められるのかも陸海にはわからない。

それくらい、憑き物は温に執着して、その奥深くに入り込んでいる。

（力尽くでは駄目だ）

この憑き物に温の血肉を与えてはいけない。おそらく憑き物にとってそれはあまりに極上のご馳走で、栄養で、喰らえばこの黒い靄はもっとはっきりした形と莫大な力を得て、陸海にも、他の誰にも止めようがない最悪の化け物に成長する。

憑き物自身がそれを踏み止まっているのは、温を『溺愛』しているからだ。壊して貪れば失うと理解している。それが救いなのか、それともそんな知性のようなものを憑き物が持っていることがすでに取り返しのつかないことなのか。

どちらにせよ、陸海にはこの憑き物を消すしかない。

（だが、どうやって）

血肉ではなく、苦痛だけでも温の中の化け物たちにとってはご馳走だ。

だから痛みを与えないように、もっと優しく——引き出すのではなく、吸い出すように。

陸海は床に横たわる温の上に覆い被さった。声を堪えるために口許を押さえる手を外させる。その唇の端から口腔を犯している触手に唇を寄せた。

憑き物に触れた時、それが身震いするような動きを取った。

陸海は震えるそれを舌に絡めるようにして自分の口の中に少しずつ吸い込み、歯で噛み砕いた。

じわりと口中に焦げ臭いような、苦い味が拡がる。不快だが耐えられないほどではない。

「……」

温はぐったりと畳に体を預け、目を閉じて、陸海のするに任せている。

「う……」

温の唇から黒い靄を再び吸い上げると、温がまた声を漏らした。

苦しいのかきつく眉が寄っているが、薄く開いた両目は別の感覚のせいで潤んでいるように見える。

陸海はその目を見返すことができずに、視線を逸らしながら温の中の憑き物を吸い上げた。

「……ッ……」

温の指が陸海の腕を掴む。縋っているのか拒んでいるのかわからない、頼りない仕種だった。

陸海はなるべく何も考えないようにしながら、同じ動きを続ける。

吸い出せるのは、まだ温の奥深くにまでは根づいていない、力の弱い――最奥にいるモノに比べれば、だが――憑き物ばかりだが、これらを除かなくては、その奥には辿り着けないことが、感覚でわかる。

温の唇に纏わりついていた靄を消し去った後、次には首筋や腕に絡むものを取り除いていく。

憑き物は温と引き剥がされることに抵抗を見せるが、宥めるように舌でなぞり、絡めていくと、少しずつ、少しずつ、陸海の口の中に収まっていく。

「ぁ……、……ぅ……」

憑き物が抜き出されるたびに、温が小さく体を震わせ、溜息を漏らした。

吐息には色が含まれている。濡れた声が、香炉の明かりばかりの薄暗い部屋にやたら生々しく響いた。

そんな温の反応を意識しないよう注意を払いながら、陸海は口中の憑き物を噛み砕き、消していく。

気づけばその作業を続けて、一時間は経っていないだろうか。

温の中にいる憑き物をほとんど残したままで、陸海の方が力尽きた。底の知れない量の憑き物を吸い上げ、嚙み砕き続けて、体力と集中力の限界だ。ひどい虚脱感と眩暈に襲われている。

（どれだけかかるんだ、全部を始末するのに……）

温の上から体を起こし、床に座り直して、息を吐く。気づけば全身汗だくだった。

手の甲で額の汗を拭って（ぬぐ）いると、視線を感じて、陸海は温に目を向ける。

温もじっとりと汗で額を濡らし、髪の束をこめかみの辺りに貼りつけていた。

疲れ切ったような顔で、だが温が微かに笑う。

少しでも憑き物の数を減らしてくれた陸海に対する感謝の表情なのか、単にそんな笑い方が癖になっているのか。

「……いつからだ、こんなこと」

陸海が訊ねると、温の表情が少しだけ口許を歪めるような笑いに変わった。陸海から目を逸らしている。

「三ヵ月くらい前からかな……僕が古久喜の最後の一人になった後、少ししてから」

憑き物が、温以外に自分の子を宿せる古久喜の人間がいないと知り、温が自分に与えられた末路を知ったのが、三ヵ月前ということか。

「ちょうど誕生日の半年前だったから、カウントダウンですかね。僕を娶るための下準備?」

温はつい先刻まであまりに辛そうに「嫌だ」と繰り返していた声とかけ離れた、またどこか他人事のような声音になった。

「毎晩毎晩、飽きもせず。最初は何のためにこんなことをしているのか、わからなかったけど……いつの間にか胸に刻まれた印を見て、ああ、僕が次に、子を産まされるんだと」

細く細く、消え入りそうな吐息を温が漏らす。

「……それは、嫌なんです」

嫌でないわけがない。なのになぜ温がどことなく恥じるように呟くのか、陸海にはわからない。

(俺はただ、他の人間が巻き込まれないように、こいつの中のモノを始末するだけだ)

眩暈は少しずつ治まってきたが、今日はこれ以上のことはできそうにない。少しずつ温の中に巣喰ったものを吸い出して殺し、数を減らして、最後に一番強い『奥』とやらを消し去る。おそらく一日二日ではどうにもならないし、陸海の消耗も激しいので、日を置いて臨むしかなさそうだった。

陸海より、温の方がさらに疲れ果てているように見える。ぐったりと手足を床に投げ出し、乱れた息はまだ完全には整わないまま。

(こんな棒切れみたいな体だから)

よくよく見ると、温はかなり細身だった。最初に高そうなスーツを着こなして、物怖じせず語りかけてくる姿を見ていたから、印象的には『ふてぶてしい男』だったのだが。

古久喜家で贅沢三昧を尽くしてきたわけではないのだろうか。三ヵ月前に一人になってから、身の回りの世話をする者もなくなり、ろくな食事が取れていなかったのか――憑き物が勝手に食糧も運んでくると言っていたが、それも拒否していた？

「……何か？」

不思議そうに温に問われて、陸海は自分が相手を無遠慮に眺めていたことに気づいた。

「いや。汗だくで、見苦しい。風呂に入れ」

自分が興味深い視線を温に向けていたことを悟られたくなくて、陸海は誤魔化すようにそう口にした。温が笑う。

「もう、動けません」

肌に残ったままの汗が不快なのか、温が横たわったまま、しきりに額や首の辺りを手の甲で拭っている。

陸海は立ち上がって押し入れの襖を開けると、客用の上掛けを取り出して、無造作に温の体にかけた。

「……黴臭い……」

何がおかしいのか温はずっと笑っている。文句を言いながら、もう何年も綿を打ち直すどころか天日に晒したこともない古びた布団を鼻面まで引き上げた。

「おまえの中に残っているやつも、出ていけば祓われることくらいはわかっただろう。数を減らしたし、しばらくは収まるんじゃないか」

「……だと、いいんですけど」

「風呂も食事も勝手にしろ。あるものは好きに使え」

「そうします」

温の返事を聞き終える前に、陸海は彼を残して客間を後にした。

後ろ手に戸を閉める時、口中に苦い味が拡がった。

喉や舌の先に、憑き物の温への執着がこびりついている気がして、陸海は乱暴に口許を手で拭った。

4

「買い物に行きたいんですが」

朝、居間に姿を見せた陸海（くがみ）に温（ゆたか）が告げると、陸海は面倒そうな、露骨に嫌な顔をした。

正直な人だなと、温は顔を綻（ほころ）ばせる。

陸海の家に身を寄せて一晩。ゆうべは初めて陸海の手による憑（つ）き物（もの）落としが行われた。

（いや、手じゃなくて、口……かな？）

どういった方法で行うのか、温があらかじめ推測していた手順とはまったく違うやり方で。

その記憶には具体的に触れないように意識しつつ陸海を見上げる。

「買い物って、何を」

陸海は寝起きのせいか、それともゆうべの憑き物落としの疲れが取れないのか、目の下を少し黒くして不機嫌な顔になっている。声も低くてぶっきらぼうだ。

（まあ、最初から機嫌のいいところなんて見た覚えがないか）

「布団とか、着るものとか、タオルとか。この家にあるもの、全部使い心地が悪いから」

着の身着のままやってきてしまったし、陸海はあるものを好きに使えと言ったが、そのあるもののすべてが古く、ろくな手入れもされておらず、まともに使えるものではなかった。布団は黴臭く黄ばんでいて、タオルも洗ってしまわれてはいたようだが長年放っておかれたらしく、固くごわついていた。

陸海自身が使うものはそれなりに手入れをしているのかもしれないが、彼に服を借りるにもサイズが違いすぎてぶかぶかだろうし、下着類まで借りるのはさすがに抵抗がある。それくらいはホテルに替えがあったから持ってくればよかったなと考えられるのは今になってからで、部屋を出る時は思いつきもしなかった。

仕方なく、温は昨日着ていた服を着替えもせずにいる。そのせいで落ち着かない。

「勝手に行けばいい、少し歩けば大抵のものが揃うディスカウントストアがある」

陸海は犬猫でも追い払うように、そのディスカウントストアとやらがあるらしい方角に手を払って、キッチンに向かおうとしている。

「案内してください」

温がその背中に言うと、渋い顔で振り返った。

「どうして俺が?」

「お金がありませんし」

陸海に用立ててもらわなければ、温には買い物をするための金が手許に一切ない。その上、温は外の店で買い物をする時の知識がない。

「借りて行ってもいいんですけど、店で買い物というのを生まれてこの方したことがないので」

温を見おろす陸海の眼差しが、何か信じられないようなものを見るものになった。

それから不意に思い出したように口を開く。

「そういえば最初に会った日の紅茶代、どうしたんだ」

あの日、陸海はさっさと先に店を出て、立ち去ってしまった。

温はその日の説得をひとまず諦め、家で口にしてきた数々の飲み物に比べたら渋みと雑味だらけで飲めたものではない紅茶を残し、自分も席を立った。

レジ前で「お会計はこちらです」と声をかけられ、自分が無一文であることを思い出して、「困ったな」と口に出してしまった瞬間、複数の人間が「財布を忘れたのかな？　じゃあここは俺がおごってあげよう」と親切な申し出をしてくれた。

「――ですので、その厚意を受けました」

「……」

説明すると、元々仏頂面だった陸海の顔がさらに曇った。当然ながら、それが憑き物の仕業だと気づいたからだろう。

何もしなくても次々に温の前には幸運が湧いてくる。

「……支度する。待ってろ」

渋々とか、不承不承を音にしたような声で、陸海がそう言い置くと一度居間から姿を消した。

温を野放しにしてはろくなことにならないと悟ったのだろう。

時間を置いて身支度を終えた陸海が再び居間に戻ってきて、温は彼と一緒に家を出る。

外は薄曇りで、風が生温い。散歩日和(びより)とはとても言いがたいのだろうが、温の足取りは軽かった。

(夢見ることすらできなかった外の世界だ)

生まれて死ぬまで、ずっと古久喜(こぐき)の屋敷にいるのだと、当たり前のように思っていた。

古久喜の――『奥座敷(おくざしき)』の主となる人間は、生涯その憑き物と共に暮らさなくてはならない。

『奥座敷』は所有欲が強く、万が一にも務めを放棄して主が家を出れば、怒り狂う。

実際何代か前の当主が外を夢見て、あるいは憑き物やそれを飼い続ける古久喜家を嫌って出奔しようと計画したが、門を抜けたところでみつかって惨殺されたらしい。

彼を殺したのが憑き物なのか、古久喜家の人間なのか、温は教えてもらえないままだった。

順当に行けば、温も古久喜家の中しか知らずに生涯を終えたのだろう。

だが衰退していく家の中で人が次々と減っていき、止める者がいなくなったおかげで、本以外にもテレビやインターネットで外のことを知る機会を得た。

そこで見る街や海、山、人の大勢集まる街、自分と同じ年頃の人間が通う学校、それらすべてがあまりに眩(まぶ)しく、あまりに羨(うらや)ましかった。

それでも温は古久喜家と憑き物のことをよく理解していたので、外の世界に出たいとは決して願わないよう自分を戒めていた。

願いごとをすれば叶ってしまう。

（いや……叶ってしまったのかな）

自分以外のすべての血縁者が死に絶え、そして今、ここにいる。それが古久喜家の辿るべき運命だったのか、それとも自分が招き寄せたことだったのか、温にもわからない。

どちらにせよ一切の良心の呵責は持っていなかった。

当然の報いだと思っている。全部死んだ家の人たちも、一人になった自分自身も。

だから陸海に自業自得だと言われた時、怒りも傷つきもせず、温はむしろ嬉しかった。最初から陸海の温に対する評価は最低最悪のさらに下を行くくらいのものであるようだが、温の方は、真正直な相手の態度や言葉に清々しさすら感じている。

（嘘を言わない大人もいるんだ）

隣を歩く陸海を見上げると、相変わらず仏頂面で黙然と足を進めている。一緒にいて御為ごかしを言わない、欲にまみれた自分に視線を向けず、怯えた姿を見せない大人というものも、温にとっては物珍しい存在だった。

陸海の年齢は二十五歳だと人伝に聞いていたが、それよりもっと年長に見える。真っ黒い髪に真っ黒い瞳。身につけるシャツやパンツや靴まで黒く、切れ長で鋭い目の印象とも相俟って、陸海の風貌はどことなく鴉を思わせた。

この世で一番強く、怖ろしい憑き物落としだと評判を聞いて、温は彼の許を訪れた。

(怖いかな?)

憑き物とそれに関わる人間を嫌い、仕事を頼む時には莫大な報酬を覚悟しなければいけない。気まぐれで、仕事を受けるかどうかは彼の気分次第。異常に口が悪く、目が合えば頭ごなしに罵倒される――という人物評は、合っているような、まったく的外れなような。

温が話を聞いたのは陸海の同業者だ。憑き物落としもまた「憑き物に関わる人間」だから、それを嫌って冷淡な態度になるのは仕方がない気がする。

昨日も一緒に街を歩いた時、見ず知らずの老人や妊婦や泣きじゃくる少女に対する対応は、素っ気なくはあったが冷酷ではなかった。傍から見れば、無愛想だが親切な青年、という印象を持つだろう。

(優しい人なんだろう)

温はそう判断を下している。陸海は根本的に優しく、そして公平だ。

嫌いな人間は見殺しにするのだから不公平に見えるかもしれないが、陸海にとって正しいのは憑き物などに頼らない善良な人間で、それを守るために、それ以外の人間を排除しているのだから、まともな人間にとっては限りなく公平に違いない。

そういう生き方を選べるだけの強さを持っているのだろう。

(この人なら、きっと、ちゃんと殺してくれる――)

温は無意識に自分の腹の辺りを腕で押さえた。

体の中で、憑き物はぼんやりとしている。昼の光は苦手なようだ。だから温は長らく暗い奥座敷に閉じ込められていた。そこで憑き物と共に、ひとつも不自由のない生活を送っていた。何が自由で何が不自由かもわからないのだから、不満があるはずもなかった。

「おかげでこの歳になって、買い物の仕方もわからない……」

陸海に怪訝そうな眼差しを向けられて、温は自分が声に出して呟いていたことに気づいた。古久喜家にいた頃は、ほとんどの時間を憑き物相手に話しかけていたから、それが癖になってしまっている。

言葉を持たない憑き物とは会話などできないし、相槌すら来なかったのに。

「日本の通貨は円でしたっけ」

独り言を聞かれたのが少々気まずく、温は最初から陸海に向けていましたよというポーズで言葉を続けた。

陸海は呆れきった顔になっている。

「おい、そこからか」

「冗談です」

今度は露骨に不快そうな表情を作る陸海は、本当に正直な人だなと温は笑った。

「ちゃんと本やインターネットで情報は得ていますから。それによく目の前に積まれるので、一万円札は見たことがある」

憑き物に邪魔なものの排除を頼みに来る人間は、こちらが提示しなくても勝手に莫大な金を抱えてやってくる。

温は自分の前に積まれた紙がどんな価値を持つのかも実感がないまま、相手が古久喜家や憑き物や温自身を褒めそやし、助力を請う必死で空虚な言葉を聞き、最後に微笑んだ。

温が笑えば憑き物が動く。古久喜家ではそういう仕組みだった。

だからきっと自分は笑ってはいけないのだと思うのに、人前で喋ろうとするとこの表情が勝手に顔に貼り付く。

「胸を張って言うことじゃないだろうが」

とことん不快げな陸海の顔を見るのが温には嬉しかった。

今までそんな顔を正直に向けてくれた人は、一人としていなかったのだから。

辿り着いたディスカウントストアというのは、とにかく雑多な商品が建物の中に詰め込まれた場所だった。
欲しかった服も布団も、それ以外におそらく人の生活に必要であろうものが、これでもかと

棚に並べられている。

　古久喜家を出てからは人に用意してもらったホテルを渡り歩き、日用品や着替えはその部屋に用意されていたから、温が自分で買い物をしたことは結局これまで一度もない。陸海を誘って喫茶店に入ったのが唯一の例外だ。

　だからとにかく温には何もかも新鮮で、見るものすべてに胸が躍った。ネット上で見たことのあるものだって、実際目にして手に取ることが、こんなに楽しいとは。

「うろうろするな、必要なものだけ選べ」

　できることなら店の端から端までじっくり眺めてみたかったが、陸海はすでにうんざりしている様子だ。

　陸海の方はこういう場所にまったく興味がないようだ。買い物など日常茶飯事だから大したことと思っていないのか、そもそも格安量販店が好きではないのか。

（この人に似合いそうなものも置いてないし）

　陸海はおそらくシンプルで落ち着いたトーンの衣服や日用品を好んでいるのだろう。店に置いてあるのは色とりどりで、きらびやかな商品が多かった。

　古久喜家ではずっと白を基調としたものばかり身につけていたので、どうせならと奇抜な色の下着やシャツを手に取ると、そのたび陸海が嫌な顔になるのが、温には少し面白い。タオルも、以前なら絶対に使うことのなかった、妙な動物の柄が入ったものを選んでみたりする。陸海は顔を顰めるが別に止めなかった。好きにしろ、と思っているのだろう。

他にもあれこれ手に取ってカゴに放り込んでいくうち、温の視界が歪み始めた。

頭の芯がくらくらする。息苦しさと吐き気が訪れて、どうにか堪えようとしたのに、気づいた時には近くの棚に寄りかかるようにしながら床に膝をついていた。

ぼんやりした視界で見上げると、陸海は温に背を向けていた。どこかに歩き去ろうとしている。

「俺は向こうで座ってるから、用が終わったら――」

数歩行って振り返った陸海が、温の姿を見てきつく眉を顰めた。

「……また『人酔い』か」

昨日と同じような状態だ。陸海にも、温の具合が悪くなった理由はすぐにわかったのだろう。

「そんなところで座り込むな、他の客に迷惑だ」

陸海に言われるが、立ち上がろうとしてもふらついて、うまくいかない。平日の昼前だというのに、ディスカウントストアにはそれなりに客がいた。それに所狭しと並べられた商品の圧迫感が、楽しさを上回ったらしい。あるいは少し、興奮しすぎたか――。

（……それとも、興味が外に移っていることに、腹を立ててるのかな……）

温の中で今は微睡むように大人しくしている憑き物が、はしゃぐ心を不快に感じているのかもしれない。

古久喜家の外に出る時も、憑き物は嫌がった。いつまでも温と奥座敷で暮らしていたいと訴える感情のようなものが伝わってきた。

(どんどん主張が激しくなっている)

憑き物は感情など持たないはずのモノだ。感じるのは空腹とそれが満たされる快楽だけで、そのために人を喰う。

だが温の中の憑き物には、いつの間にか悋気(りんき)のようなものが育まれている――気がする。

それを刺激したくなくて、温はなるべく落ち着こうと一度目を閉じた。

誰かに声をかけられる前に立ち上がらなくてはいけない。でも立ち上がりたいと強く願ってもいけない。誰かが巻き込まれる。喫茶店の時のようにただ通りすがりに温を助けてくれるだけならいいが、憑き物は加減というものを知らないのだ。金を持たない温のせいでバイク乗りが財布を失ったように、誰かが何かを失うかもしれない。

急がないと、と思うほどに吐き気が増す。十七年も家の中で過ごした体はひ弱で、頼りなく、そんな自分に温も呆れるしかない。呆れ果てて笑い出しそうになった時、急に腕を掴まれた。次には強引な力で体を引っ張り上げられる。

見上げると、陸海の仕業だった。温の腕を無造作に掴(つか)み、優しくない動きで、それでも転んだりしないように支えてくれながら歩き出す。

店の端にあるフードコートに連れて行かれた。押し遣(や)られるように空いた座席につくと、すぐに陸海がいなくなる。座っているのも辛くてテーブルに上体を伏せたが、温の懸念に反して誰も声をかけてこなかった。

(ああ、陸海さんが、何かしたのか)

最初に会った日、喫茶店でも、陸海は何らかの手法で自分たちの声や存在が周りの意識に触れないようにしていた。あれを、今もやったのだろう。

(便利だなあ)

具体的に何をどうやっているのかは、温にはわからないが。

陸海与志等という憑き物落としの力は人並み外れ、憑き物の方でも彼を避けているに違いないと聞いたことを思い出した。

『あの男自身が化け物のようなものだ』

そう言ったのは、陸海の存在を教えてくれた別の憑き物落としだ。

『普通はもっと手順を踏んで、時間をかけて、苦労して、化け物を祓う。だがあの男はまるで願うだけで憑き物を殺せるようだ。素手で憑き物を掴むところを見たことがある。普通の人間はそんなことをすれば憑き物に侵蝕されて気が触れるのに――気味が悪い』

ゆうべは憑き物を素手で掴むどころか、口に入れて噛み砕いていた。

きっとあんなことができるのは、陸海の他にはいないのだろう。

(『奥』は面白がってた……)

昨日陸海に祓われたのは、温の匂いや『奥』の力に惹かれた、程度の低い憑き物ばかりだ。そういうものを『奥』が喰って力を増すが、喰いきれずに残ったものは、取るに足らないと放置している。

それらが温の中に入り込んでも『奥』は気にしなかった。そして祓われても気にしない。むしろ陸海のやり方に関心を持って、彼や自分の反応を観察しているような気配があった。

（でもきっと、自分自身に触れられれば、怒り狂う――）

その時に自分や陸海がどうなるのか、温には想像もつかなかった。

陸海はうまくやってくれるのだろうか。

化け物並みの力を持っているなら、できると思っていいのだろうか。

「おい。帰るぞ」

いつの間にかうつらうつらしていたらしい。陸海の素っ気ない声を聞いて温は目を覚ました。テーブルに伏せていた体を起こすと、両手に大荷物を抱えた陸海の姿があった。どうやら温が倒れている間に、商品の会計をすませていたらしい。

温はまた陸海に引き摺られるように店を出た。さすがに歩いて帰るのは辛い、と思っていたら、陸海の呼んだらしきタクシーに放り込まれた。

再びうとうとと眠り、今度気づいた時には陸海の家の前だった。温がもたもたと家の中に入って二階の客間に辿り着いた時には、畳の上に薄い敷き布団が敷かれていて、その周りに無造作にディスカウントストアの買いもの袋が並べられている。先に陸海が置いていったのだろう。

温はその布団の上に倒れ込んだ。綿は毛布かと間違いそうなほど薄いし布は安っぽい肌触りで、古久喜家で使っていたものとは雲泥の差だ。

それでもゆうべ使った黴臭い布団に比べればはるかにましで、温は俯(うつぶ)せに目を閉じると、あっという間に眠りに就いた。

目を覚ました時にはすでに日が暮れかけようとしていた。

居間に下りるが陸海の姿はない。庭にもなかった。どこかに出かけているようだ。

ダイニングテーブルの上に、ビニール袋に包まれた握り飯が三つと、ペットボトルのお茶が一本乗せられていた。

「これは……僕の分ってことか？」

特に書き置きの類はないが、温はそう判断して、握り飯を食べることにした。

やり方がわからずにひどく苦労してビニールを取り払い、海苔の匂いを嗅いでから、温は自分が空腹だということに気づく。

そういえば昨日この家に来てから、食事を摂った覚えがない。

　食べてみれば握り飯は妙に美味(うま)かった。ペットボトルのお茶も。

　ゆっくりそれを味わっていると、陸海が家に戻ってきた。居間に姿を見せ、食事をしている温に目を向けている。

「開け方もわからなかったのか」

　陸海の視線はテーブルの上で無惨にもばらばらになったビニール袋を捉(とら)えている。握り飯を包んでいたものだ。

「今まで食べたことがなかったもので。でもこれ、おいしいですね」

　素直に感想を言うと、陸海が唇の片端を皮肉っぽく歪ませる。

「美食に飽きてるのか？」

「家にいた頃も、多分美食と呼べるようなものは供されていなかったと思いますよ。白飯に魚と汁物と香の物が一日二回、まあそういう食事を現代人っていうのが続けられたらそれは贅沢(ぜいたく)だっていう話になるみたいですけど」

　温にとって、食事は大して楽しみではなかった。運ばれて来るから食べるだけで、美味い、不味(まず)いという感覚もない。

　本やネットで見れば、カフェのお茶はおいしく、レストランの料理はご褒美だというから、少し楽しみにしていた。

　でも結局、店で飲んだ紅茶は、家で出されるお茶より特別美味いということもなくて、少し落胆した。

「陸海さんは食事、摂ったんですか？」

もしこれが陸海のための食事なら、悪いことをしたのかもしれない。

そう思って訊ねた温に、陸海が頷いた。

「今、外で食べてきた」

「何だ……」

出かけていたのはそういうことだったらしい。

「どこかおいしい店で、一人で食べてきたんですね」

あの喫茶店のお茶が期待外れだっただけで、別の店なら心が沸き立つような美味いものを食べられるのかもしれない。だから陸海は外食してきたのだろう。

羨ましい、と思って言った温に、陸海が微かに鼻の頭に皺を寄せた。

「嫌な責め方をするな」

「え、責めてませんよ」

羨みはしたが責めてはいない。どうやら陸海には皮肉として伝わったようだ。

「昼飯のつもりだったんだ。夜の分は別に買ってきた」

見れば陸海は、片手にビニール袋を提げている。どうやら食材やらを買ってきたらしい。

「全部レンジで温めればすぐ喰える。経費に上乗せしておくから、好きに食べろ」

「レンジ……」

　陸海がはっとしたように温を見た。

「まさか電子レンジも使ったことがないのか」

「あると思いますか」

　温の返事を聞くと、陸海は極めて面倒そうに、キッチンの棚に置かれた電子レンジの前に移動した。

「ここに食べたいものを入れて、この赤い『あたため』ボタンを押せば、勝手に温まる」

「成程。チンする、っていうやつですね」

　さっそく試してみたくなって、温がテーブルの上のペットボトルを持ってくると、レンジに入れようとする手を陸海に引っぱたかれた。

「なぜ」

「ペットボトルは温めるな。溶けるか破裂する」

　そういうものらしい。

「温かいものが飲みたい時は、あの棚にあるカップに移して、こっちの『飲み物』ボタンだ」

「なるほど」

　試してみたくてうずうずしている温の内心を察したのか、陸海が溜息を吐いて棚の方を顎で示した。

「やりたければ勝手にやれ」

勿論温は試してみた。マグカップに移した緑茶は少しぬるめにほどよく温まり、よりおいしいものに感じられた。

「いくら箱入りだか奥座敷入りだかでも、そこまで何もせずによくやってこられたな」

ご満悦、という状態で立ったままカップを口に運ぶ温を見て、陸海が呆れきった顔で言う。

「これでも一人になってから、着替えくらいは自分でやるようになったんですよ」

温が笑って言うと、陸海の顔がさらに呆れ果てたものになった。

「着替えすら人にやってもらってたのか」

「部屋付きの世話係のようなものがいましたから。当主には憑き物のご機嫌を取る以外の何ものもさせてはならないっていう決まりがあったんじゃないですかね」

「異常だと思わなかったのか?」

「思えるような環境だったと思いますか?」

質問に質問で返すと、陸海が今度はむっとした顔になる。

「古久喜家を訪れる人の誰と会ってどの依頼を受けるのが一番利益になるか――という判断を下せる程度の勉強はさせられてはいましたけど、一般常識については教えてもらえませんでした」

家庭教師のような者はいたが、古久喜家の当主として必要な知識を教えられるだけで、雑談のひとつもした覚えが温にはない。

「まあそういうものは必要ないものと見做されていたんでしょう。下手に智慧がついたり自我を持たれては面倒なことになりますからね」

「……」

陸海が少し何か言いたそうに口を開いたあと、一度それを閉じた。

「今晩は何もしない。食べ終わったら風呂に入って寝ろ」

代わりにそう言うので、温は頷いた。

昼間出かけた疲れがまだ残っている。昨日のように体の中の憑き物を引っ張り出されるのは――それにより生まれる感覚や感情を受け止めるまでには回復しきれていない。

風呂場に向かうと、脱衣所に昼間ディスカウントショップで選んだ下着と浴衣とタオルがまとめて置いてあった。陸海が用意しておいてくれたのだろう。

(何だかんだ、面倒見がいいよな)

財布を届けに行く時、困っている人を見過ごせずにいちいち声をかけていた陸海のことを思い出し、温はふと笑みを漏らす。

風呂に入って一日ぶりに汗を流し、少しはさっぱりした気分になるが、夜が近づくと温は憂鬱になった。

(しばらくは収まるだろうって、陸海さんは言っていたし……)

だから今日くらいは、久々に何ごともなく眠れるかもしれない。

そう期待しつつも不安は拭えず、昼間買って、ビニール袋に適当に詰め込まれたまま放置されたものを整理することで、少しだけ気を紛らわせる。

それもあっという間に終わってしまい、また時間を持て余し続け、ようやく外が薄暗くなりかけた頃に、温は薄く安っぽい布団に横たわった。

昼寝をしたせいかまだ早い時間のせいか、眠れもせずに何度も寝返りを打ち溜息をつく。

永遠のように感じる時間をやり過ごし、壊れているように見えてちゃんと動いていた客間の壁時計が十時を指した頃、それが来た。

「……ん……」

ぞわりと、肌が粟立つ。

(ああ……やっぱり、また)

自分の中から、意思を持った形の定まらないものが染み出し、体に絡まってくる。

昨日陸海が祓ってくれただけでは、足りなかったのか。

「いやだ……」

力なく吐息と共にそう呟くことしかできない。

煙のように揺らめく影が無数の指のような触手のような形になって、浴衣の襟から忍び込んでくる。

恐怖と嫌悪感で一杯なのに、ソレに肌を撫でられると体が震えた。

ぞくぞくと、体の奥から悦楽が湧き上がってきて、踏み躙られる屈辱まで味わわされる。

「いやだって、言ってるだろ……」

どうせ聞き入れてくれない。三ヵ月前から始まったこの行為に、温が何を思おうと影響を与えられない。

胸の先をやわやわと刺激され、震えを堪えようとする間に背筋を撫で下ろされる。

「んっ、ん」

必死に浴衣の襟を掻き合わせても無意味だった。どんなに狭い隙間だろうが憑き物が入り込み、力尽くで温の快楽を引き出そうとしてくる。

「やだ……気持ち悪い……こわい……」

譫言のように呟く。どうせ聞き入れてもらえないのはわかっているのに、口に出さずにはいられなかった。

触手のように伸びるものが体中を這い回る。そうしながら、胸の先に絡みつき、その中心を面白がるようにつついてくる。

「……ッ」

ぎゅっと先端を締め上げられ、悲鳴を漏らしそうになった。普段は意識もしないその場所が、猥褻な動きで弄られたせいで固く尖って、敏感になっている。そこを締め上げられると痛くて、なのに腹の奥に響くような疼きが生まれて、泣き喚きたくなる。

憑き物は温の反応をさらに引き出そうとでもするように、さらにきつく胸の先を締めつけながら、尖りきった先端をカリカリと柔く引っ掻く動きを繰り返す。温は唇を引き結んで声を漏らすまいと堪えた。

自分の中にどれだけの憑き物がいて、どの憑き物が何をしているのか、少しもわからない。一番強く大きな『奥』が、すべて指図しているようにも感じる。

もう力の弱い憑き物も『奥』の一部になって、その命令に従っているのだろうか。それとも全部が全部、同じ意思を持って自分を陵辱しようとしているのだろうか。

浴衣の裾がはだけられ、腿や足首にも黒い靄が絡まる。

絡まりながら肌をなぞり、温が反応する場所を探っている。足の指が弱いことはもう知られてしまった。指の間にまで入り込んだ憑き物が、粘着質な音を立てて指を嬲ってくる。

「……っ……う……、……あ……」

同時に内腿や尻を撫で回され、反応してはいけないと思うのに、温は拒むように首を振ってしまった。

調子づいた憑き物は、次には下着の中に入り込んできた。

「や……」

触れられもしないまま昂ぶりかけている性器にも、植物の蔓のようになった憑き物が巻き付く。触れられると微かに刺激を感じるのが怖ろしい、微かに電気でも通されたような、爆ぜるような細かな刺激と共に、茎や陰嚢を擦られる。

強い快感に目が眩みそうになった。自分がどんな恰好を取らされているのかもわからない。強く腿に絡まった触手に大きく足を開かされている感じがする。いつの間にか下着は引き下ろされて片脚の途中に引っかかり、浴衣はすでに腰紐でようやく留められているだけだ。

無数の触手が相変わらず肌のあちこちを這い回っている。

そうしながら、ペニスの先端に、胸の先に、臍の周囲に気がついて、そこに潜り込もうとしてくる。

「……ひっ……、あぁ……ッ……」

温は必死に首を振る。憑き物はこうして、温の中に入り直そうとしてくる。

いつもは温の血や肉や骨に同化しているだけだ。それは霧に包まれるような、温い湯に浸かるような感覚がするだけで、慣れてしまえば気にならない。物心ついた時にはそんなふうに憑き物が自分の内側にいた。

だが今は——三ヵ月前からずっと——憑き物たちは、温を孕ませる場所を探している。

「そんなの、ない……できない……」

怖くて、おぞましくて、涙が浮かぶ。憑き物に喰われて自分を失うのは怖くないが、何かを産み付けられて自分が作り替えられるようなことはどうしても耐えられない。

顔を撫でていた靄が、温の唇の中を、目や鼻の中にまで、入り込もうとしている。

「いやだ……やめて、やめ……ッ」

我を忘れて悲鳴を上げかけた時、ガタリと、音がした。

涙を散らしながら大きく目を見開く温の視界に映ったのは、不機嫌な顔で客間に入ってくる陸海の姿だった。

「く……ぁ、みさ……」

喉の奥にまで憑き物に入られていて、うまく言葉が発せない。ただ縋(すが)る思いで陸海を見遣る。誰でもいいから、何でもいいから助けてほしい。

そう望むことが贅沢だとわかっていても、怖くて、辛くて、助けを求める声を飲み込むのに苦労した。

陸海はまた昨夜のように部屋の四隅に香炉を置いたあと、温の方へ歩いてくると、出し抜けに温の顔に貼り付く憑き物を摑んだ。

「い……ッ」

するどい痛みが温の頬(ほお)から首筋まで走る。憑き物は温と離れることを嫌がって、肌に吸い付き抵抗している。

陸海の手の力が緩むのを見て、温は首を振った。

「いいです、力尽くで、いいですから」

昨日だってそうしてくれてよかった。何でもいいからこの黒い靄たちを引き剝がしてほしい。その恐怖や嫌悪感から逃れられるのなら痛みくらいどうということはないし――それに憑き物に殺された人たちは、もっともっと痛くて怖かったに違いないのだから。

譫言のように、そう陸海に訴える。ちゃんと言葉になっているのか自分でもわからなかった。

陸海は小さく舌打ちすると、温のそばに膝をついた。

温を見下ろす陸海の視線が、ふと一点で止まる。胸の辺りを見られている気がした。左胸の上――赤黒い花のような痕が浮かんでいる場所。

憑き物に与えられ、子を孕まされる契約を受け入れた証が、温の体にも刻みつけられている。

「……」

陸海はそれを見て何も言わずに少し目を逸らし、温の背を軽々起こすと、頰に、今度は唇を寄せてくる。

昨日の晩と同じように、陸海が温に貼り付く憑き物を吸い出しては口に含み、嚙み砕いて、消していく。

憑き物は嫌がるように温の口中に潜り込み、喉の奥へ奥へと進もうとする。息ができずにもがく温の腕を陸海が片手で押さえ付け、反対の手で唇を大きく開かせると、舌を差し込んできた。

「んっ、う」

ずるりと、喉の奥から憑き物が抜き出される感触。それでなぜ体中に鳥肌が立つほどの快楽を覚えるのか、温にはわからない。だが憑き物に絡みつかれた性器の先端からは透明な雫が滴り落ちている。絶頂が欲しくて腰や腿が震える。

そんな浅ましい自分の姿を見られるのが耐えがたく、温は陸海の腕から逃れようとさらに手足をばたつかせた。

だが陸海は温を逃さず、背中から強く抱き締めるように腹に腕を回してくる。今度は項に唇をつけられた。首筋に絡みつく憑き物を吸い出そうとしているようだったが、執念深く肌に貼り付く黒い靄に焦れたように、微かに歯が立てられた。

「あっ、……く……」

高い濡れた声を抑えたくて、温は無意識に口許を両手で押さえる。涙や唾液で顔はぐちゃぐちゃだ。陸海に見えない位置でよかった。

陸海は少しずつ、根気よく温の体を覆う憑き物を吸い出しては、噛み砕いていく。

憑き物は陸海に抗い、温の中にどうにか潜り込もうとしては陸海に摑まって、その一連の感覚に温は最後まで翻弄された。

やがて外にいる憑き物はすべて陸海によって祓われて、あとは元の通り温の中に戻った。

陸海の腕の支えを失った温は布団に横たわり、弛緩した体を持て余す。

もう指一本動かしたくない気持ちだ。

「――ゆうべよりも、もう少しは数が減らせた」

陸海の声と共に、ばさりと温の体に何かがかけられる。毛布か、タオルか。目を閉じているのでどちらかたしかめることすらできない。

「今度こそこれでしばらくは落ち着くだろう」

なら明日くらいは、こんな目に遭わずにすむのだろうか。

温は瞼（まぶた）を下ろしたまま辛うじて頷いた。

「今晩くらいは平気だと油断した。悪かった」

「……」

温はどうにか力を振り絞って、重たい瞼を開いた。

陸海は客間を出て行こうとするところだった。

（謝らなくて、いいのに）

すぐに憑き物落としを始められなかったことを、陸海は自分の失態だと思っているのだろう。たしかに期待を持った分、結局いつものような陵辱が始まったことは、温にとって余計に辛かったが――。

（来てくれたんだから）

陸海も疲れているのはわかっていた。温が憑き物に嬲られたところで、約束の十八歳になるまでは今すぐに孕まされるわけではなく、誰かに危害が及ぶわけでもなく、ただ温一人が嫌な思いや怖い思いをするだけなのだから、放っておいてもよかったのに。

(優しい人だな……)

報酬が目当てだからというふうでもない。陸海はきっと憑き物の気配に気づいて客間にやってきて、温が嫌がって泣くのを見て、放っておけなかったのだろう。

温が憑き物から酷い目に遭わされることは、自業自得だと言っていたのに。

(……もっと、噂(うわさ)通りの嫌な人だったらよかった)

5

翌日の昼に温(ゆたか)が起きると、また家の中に陸海(くがみ)の姿はなかった。

代わりに今日はテーブルの上に「仕事に行くから外を出歩くな」と短いメモが残されていた。

(陸海さんも、疲れてるだろうに)

温はすっかり寝入ってしまって朝になっても目を覚ますことができず、気づけば陽がすっかり高くなっていた。陸海がいつ出かけたのかもわからないが、きっと元気一杯というわけにはいかないのではと思う。

(そもそも元気一杯っていう陸海さんの姿が、思い浮かばないけど)

あえて想像してみて、温は一人でくすくすと笑った。

それから、することもないのでソファにだらしなく寝転ぶ。客間には何となく戻りたくなかった。北向きの湿り気を帯びた畳の匂いが、古久喜(こぐき)家の奥座敷を思い出させるせいだろうか。

陸海の家には暇を潰(つぶ)せそうなものはひとつもなかったが、何もせず過ごすことには慣れている。とはいえせめて本くらいはあれば嬉しかったのだが、ソファに転がったまま見回してみても、それらしきものは置いていない。新聞も取っていないようだ。

結局ぼんやりとソファにひっくり返ったまま無為に過ごしていると、思ったよりも早く、夕方前に陸海が帰ってきた。

「……何て恰好してるんだ」

居間にやってきた陸海は、温の姿を見るなり呆れた声で言う。温はソファの上で意味もなく体勢を変え続けるくらいしかやることがなかったので、陸海が帰ってきた時には、足だけソファに乗せて、上半身は床に落ちているという、妙な恰好になっていたのだ。

「暇で」

古久喜家にいた時も、読みたい本がない時は、広い座敷の中を無意味に転がったり這ったりして過ごしていた。

温がそう言うと、陸海は何か言いたそうな顔になったが、結局言葉を飲み込む様子を見せた。

(たまにこの顔をするな、この人)

呆れて言葉がない、というやつだろうか。

温は一度全身を床に落としてから、起き上がってきちんとソファに座り直した。

「仕事って、憑き物落としですか?」

であれば、さらに疲労が重なるのではないだろうか。そう思って訊ねた温に、冷蔵庫に向かいながら陸海が首を振る。

「別口だ」

「他にも仕事を?」

「ホラー雑誌の特集ページの打ち合わせ」

「ホラー雑誌の特集ページの打ち合わせ……」

「随分廃れたとはいえ、夏が近づけばムックが出るから、短編小説だのコラムだので誌面を埋めるために駆り出される」

そんなものがあるのか、と温はぼんやり呟いた。陸海は冷蔵庫から缶コーヒーを取り出している。

「憑き物落としの実話怪談とか……？　さぞかし臨場感のある文章になりそうな……？」

「本業は公にしていないし、ペンネームだし、実話と謳ってはいるが書いていることは全部でたらめの創作だ。本当のことを書くわけにもいかないだろう」

それもそうだ。陸海の関わる仕事には、確実に被害者がいる。プライバシーの配慮や、陸海の心情の問題で、匂わせることもできないのだろう。

「本業だけでは暮らしていけないんですか？　金の亡者なのに」

温の問いに、缶コーヒーを口に運びながら陸海が眉を顰めた。

「本人に向かって言うか、それを？」

「そんなにいいお金になるんですか、小説とかコラムって」

「別に金のためじゃない。以前相談を受けた人に紹介されて、たまに突発で発行される雑誌だの書籍だの、人手がみつからない時に来る仕事を何となくやってるだけだ。読者の投稿や編集部に自然と集まる噂話で、本物の憑き物について聞けることもあるからちょうどいい」

なるほどな、と温は納得した。怪異の起こる場所をそれでみつけて、憑き物落としの仕事にも役立つということらしい。

「多才だな。読ませてくださいよ」

「コンビニにでも行けば売ってるだろ。でたらめばっかりなのにリアリティがあるだの、逆にこいつは何も知らずに法螺ばかり書いてるだの、読者に大好評だぞ」

コンビニエンスストアで扱うような本なら、温が目にしたことはないだろう。家庭教師や世話係やご機嫌取りの客が持ってきてくれるのは、学校の推薦図書のマークがついた書籍、海外文学の名作集、でなければ子供に人気だという漫画本ばかりだった。間違ってもホラー雑誌など選ぶわけがない。インターネットが使えるようになってからは電子書籍も読むようになったが、自分自身が夜ごとに怖ろしい目に遭っているというのに、怪談など目にする気にもなれなかった。

(でも、陸海さんがどんなものを書いてるのかなら、見てみたいな)

そう思って温がしつこく頼むと、陸海が根負けしたように、「物置部屋に見本誌が置いてある」と教えてくれた。

温はさっそく物置部屋に向かうためにソファから起き上がった。

「西の突き当たりは俺の部屋だ、入るなよ」

あとは好きに見て回って構わないということだろう。声をかけてきた陸海に頷いて、温は廊下に出た。

この家の一階にはＬＤＫの他に、三部屋ある。陸海の部屋以外のどちらかが物置になっているのだろう。ＬＤＫから出てすぐの部屋を覗いたがぽつんとピアノがある以外は空っぽだったので、もうひとつの部屋のドアを開けると、そこが物置になっていた。古い箪笥や本棚、仏壇、行李などが無造作に押し込まれている。物が多いせいか客間以上に黴臭く埃臭い。何の手入れもしていないのだろう。本や雑誌の類も壁の片隅に積まれていて、何本か柱を作っている。タイトルからして「ホラー雑誌」らしいものも十四、五冊ほどみつけた。

これで時間潰しが楽になる。その程度の冊数ならあっという間に読み終わってしまうだろうから、ついでに別の本も適当に客間に持っていこうと、温は本の柱を漁った。

その途中で、大判の雑誌の中に紛れた本ではないものをみつけた。何だろう、と手に取ってみると、表紙に『弥栄子八歳、与志等二歳』と、年号と日付が書いてある。古いアルバムだった。中を開けば、小さな少女と、さらに小さな男の子供が寄り添っている写真がいくつも貼ってあった。

（これ、陸海さんか）

どうやら陸海は子供の頃から仏頂面らしく、写真のほとんどがむっと眉間に皺を寄せている表情だった。

常に陸海の隣に写っている利発そうな少女は『姉』だろう。

姉弟の他には、陸海によく似た面立ちの女性と、陸海そっくりなやり方で眉を顰める男が写っていることもあった。これが両親か。

微笑ましいアルバムは、たった五ページで唐突に途切れる。

アルバムの表紙に書いてある日付は開始日だけだ。

(この年に、陸海さんの親が死んだんだな)

アルバムの真ん中辺りに、ページに貼りつけられずに数枚の写真が挟まっているのもみつけた。もっと大きくなった『姉』の写真だ。今の陸海と同じ年頃。家の前で明るく笑っている女性の写真を撮ったのは陸海だろうか。

温はしばらく写真を眺めたあと、元通り積み上げられた本の間にアルバムを戻しておいた。

温が物置部屋を出た時、陸海も自室に戻るところらしく廊下に姿を見せた。陸海がちらりと、温の抱えるホラー雑誌などを見おろしている。

「雑誌以外も借ります。読んだら戻しておきますね」

「木曜が資源ゴミの日だから、外に出しておいてもいい」

それだけ言い置いて陸海が自室に去っていく。

陸海は自分の書いた文章にも、それが載った雑誌にも興味がないようだった。きっと、仕事相手から見本を渡されて、捨てるのも面倒だからと物置部屋に放り込んでいたのだろう。

この家に住み続けるのも引っ越しが面倒だからだろうか。

（多分、あのアルバムにいた家族と住んでた家）

ろくな修繕もされずに、外から見ればまるで廃屋で、中に入っても人が住んでいるようには見えない建物。

家族との思い出があるから捨てられない、というふうには見えない。だったらもう少し手入れをして、写真を見えるところに飾るだろうし、誰かが使っていたピアノを埃塗(ほこりまみ)れにしてはおかない気がする。

（だとしても、僕が長く居ていいところじゃない）

その日の晩は、今度こそ陸海の言う通り、憑き物が温の心身を嘖(さいな)むことはなかった。

夜が来るまでは落ち着かず、気を紛らわせるために陸海が書いた文章が載っているという雑誌を読んだ。

ペンネームは聞かなかったが、どの雑誌にもいる妙な名前の書き手がそれだろうというのはわかった。小説仕立てであったり、エッセイ風であったりの文章。どれも軽妙な語り口の、そして大変馬鹿馬鹿しい法螺話ばかりで、これをあの陸海が書いたのかと考えれば、可笑(おか)しさが込み上げてくる。

「缶コーヒーと一緒に小さいおじさんの落ちてくる自販機とか……平和だなあ……」

布団の上で寝転び、笑って読んでいるうちにいつしか眠たくなって、気づけば朝になっていた。

何ごともなく眠れたのなんて実に三ヵ月ぶりで、目を覚ました時は感慨深い心地になった。

翌日も、微かに自分の中で蠢こうとする憑き物の気配は感じたが、無視して目を瞑っているうちにまた寝入ることができた。

その間、陸海は特に憑き物落としの仕事はないらしく、部屋に閉じ籠もっていた。

温が居間のソファでだらだらしていると、たまに食事のためや、飲み物を用意するために陸海も姿を見せる。

「だから、おまえのその恰好は何とかならないのか」

ソファに半分体を預けつつ、床に広げた雑誌を眺めていたら、陸海に苦言を呈された。

陸海は大体温の存在を無視しているのに、妙な姿勢でいる時だけ文句をつけてくる。

「本を読む態度じゃない」

「そうなのかな。ずっと好きなように読んでいたので」

古久喜家にいた頃も、寝転んで本を読むのが当たり前、疲れてくるとひっくり返ったまま床の間に足を乗せたり、付書院に腰掛けたりと、やりたい放題だった。

行儀の悪さを注意する人間も、ほとんどいなかったのだ。

「――おまえ、何か食べたのか」

陸海は昼食を摂りにきたらしい。ちょうどそんな頃合いだ。

「食料が何も減ってない」

「ゆうべ、レンジでチンするピラフっていうのを食べましたよ」

「今日の話をしてるんだ、朝とか昼とか」

「うーん……」

正直言って、面倒臭い。最初は『レンジでチンする』のが面白くて、レトルト食品を温めて食べていたが、一、二度やれば満足した。

「少しは自分でやれ」

そう言いながら、陸海は電気ケトルで湯を沸かしている。

「でもあんまり、おなか減ってないし」

それだけ答えて雑誌の続きを読んでいるうち、いい匂いがしてきた。

やっとソファから起き上がると、ソファの前のテーブルに、即席のカップ麺（めん）が置かれている。

陸海は別のカップを手にしていたから、温の分もついでに作ってくれたのだろう。

「カップラーメンだ……」

存在は知っているが、一度も食べたことのない食品だ。しかもカレー味。

「ラーメンとかカレーとか、一度くらい食べてみたかったんだった」

大して空腹は感じていなかったはずなのに、カップ麺の蓋を開ければさらに刺激的な香りがして、急に食欲が湧いてくる。

「三分でできるんだから好きに喰えよ、それくらい。棚にいくらでも置いてある」

陸海はカップと箸を持ったまま廊下に出ようとしている。

「部屋で食べるんですか？　僕がここにいるからテーブルを使いたくないんだったら、客間に戻りますけど」

家主の食事を邪魔するつもりはない。自分を見ていると食事が不味くなると陸海が思っているなら、自分の方が譲るのが当然だろうと、温は陸海に声をかけた。

「……別に。そういうわけじゃない」

陸海は不機嫌な顔で、ダイニングテーブルの方にカップ麺を置いた。椅子に腰を下ろしている。

温はソファを下りてローテーブルの前に直接腰を下ろし、カップ麺と一緒に置かれた箸に手を伸ばした。麺類を食べるのが生まれて初めてだったので、なかなか苦戦する。箸で麺を持ち上げるのはともかく、うまく啜れないのだ。

それで陸海の食べる姿を参考にする。陸海がカップ麺を食べる姿は堂に入っていた。テーブルに置いたタブレットに目を落とし、手許は見ずに麺を啜っている。タブレットを眺めながら食事をするというのもなかなかに行儀が悪いことではないかと温は思うのだが、陸海にとっては問題ないらしい。彼なりのルールがあるのだろう。

とりあえず陸海を真似て、温は麺を啜ってみたが、やはりうまくはできずに咳き込んでしまった。喉の変なところに汁が入った。

「何やってんだ……」

陸海が呆れた目で温を見ている。予想外の苦しさに返事もできずにいると、目の前に今度はペットボトルのお茶とボックスティッシュが置かれた。

「勢いよく吸い込みすぎなんだよ」

「むずかしい……」

涙の滲む目や口許を拭いつつ、真面目に呟く温に、陸海が少し喉を鳴らして笑った。

笑ったのが物珍しくてつい温がまじまじ相手を見遣ると、陸海がそこはかとなく気まずそうに笑うのをやめてしまった。

それが温には何だか残念だった。

その日の夜も、温は一人でゆっくり眠ることができた。

だが、体の奥で蟠るような憑き物の感触が、強くなっている。

翌日も陸海は家にいて、昼と夜の食事時だけ居間に姿を見せた。

昼はまたカップ麵。夜は陸海から食べたいものを聞かれたので「カレー」と温が答えたら、デリバリーのインドカレーが届いた。

昨日のラーメンもだが、初めて食べるカレーも、温にはちょっと感動するくらいおいしかった。

「箸はまともに持てるんだな」

ナンを手で千切って口に運んでいる時、陸海が言った。温はソファ前のローテーブルを使って、陸海はダイニングテーブルで食べている。

手で食べているのになぜ箸のことを、と温は思ったが、陸海は今ではなく、昼間や昨日ラーメンを食べている時のことを思い出しているようだ。

「ずっと一人で奥座敷とやらにいて、学校にも行ってなかったんだろう」

「まあ家の大人たちは、当主なんてどうせ早々に死ぬだろうから、躾なんてする必要もないと思っていたでしょうね」

「……どうしようもない家だな」

陸海は不愉快極まりないという顔をしている。

「救いようのある家なら、没落したりしませんよ」

温も陸海に同感だったが、少しだけ、主張したいことはあった。

「ただ、他人とまったく交流がなかったというわけではありませんでしたから。世話係がいたと言ったでしょう。それもみんな、ごく短い期間で入れ替わってしまいますけどね」

両親の記憶はない。先代だった父親は温の物心がつく前に憑き物に喰われて死に、母親は何年か前まで生きていたらしいが、顔を見たことは一度もない。乳母がいたというが、その思い出もなかった。

古久喜家の人間が奥座敷に来るのはせいぜい年に数度のご機嫌伺いと、憑き物目当ての依頼人が来る時だけ。家庭教師は温が十歳になる頃には必要な知識をすべて与え終えたと姿を見せなくなった。

あとは物心ついて以降、朝と夕に部屋に出入りして食事を運び、自分を着替えさせ、風呂に入れ、布団に押し込む世話係がいたが、どんな顔をしていたのかも温にはほとんど思い出せない。

「ほとんどが古久喜の遠縁の人だったのかな？　それで、ほとんどが憑き物と僕に怯えていた」

気づけば前の日までとは違う者が部屋を訪れ、同じように顔を伏せて表情は見えず、少しするとまた別の者に替わる。

恐怖に耐えかねて逃げ出したのか、彼らもまた憑き物に喰われたのか、温は知らないし興味もなかった。

「でも、僕が九つだったかな。その頃に来た女の人のことだけはよく覚えてる。志菜という名前も」

陸海は聞いているのか聞いていないのか、特に相槌も打たない。

温も、別にどちらでもいいと思いつつ、ただ懐かしくて彼女の思い出を口にする。

「短大を出たばかりで、就職できずに故郷に帰ってきて、僕の世話係になった。すごく優しい人で、初めて僕の目を見て話してくれた人でした」

彼女も、憑き物のことは知っていたはずだ。世話係はくれぐれも『奥座敷』と『ご当主様』に失礼がないよう叩き込まれると、彼女自身が言っていた。

『でも目を合わせちゃいけないし言葉も交わしちゃいけないって、そんなの、変ですもんね』

温の頭を撫でながら、笑って、志菜は言った。

『せっかくご縁があったんですよ。私は温さんと、普通に仲よくしたいなあ』

十以上も歳の離れた子供に敬語は使うし、『温さん』と呼びはしたが、志菜はこれまでの世話係とはまったく違う態度で温に接した。

笑いかけてくれて、頭を撫でてくれて、頬についたご飯粒を笑って取ってくれる。

服の着替え方や、箸の持ち方も教えてくれた。

外の世界のことを、楽しそうに話してくれた。

「志菜のことが好きでした。きっと母や姉というものがあればこんな感じなんだろうなって思った。そうすると、志菜だけじゃなくて、他の人も実は全員が全員僕を怖がっているわけじゃないっていうことにも、気づくわけです」

奥座敷の丸窓からは美しい庭が見えて、そこを手入れする老齢の職人がときおり姿を見せた。枝打ちする様子が面白くて眺めていると、近づいて声をかけてくれた。

彼も古久喜の縁故らしく、温が奥座敷に閉じ込められている意味は知っていただろうが、『坊ちゃん』と呼びかけて、こっそり話し相手になってくれた。

他にも、温が風呂に入っている間に部屋の掃除をしにくる恰幅のいい中年女性も、タイミングが狂って顔を合わせた時、「あらあら、ごめんなさいね、内緒にしてくださいね」と朗らかに笑い、温のことを抱き上げてくれた。

「その人たちにも、数ヵ月で会えなくなりました。自分の意思や都合で僕のそばから去ったのか……」

彼らと会えなくなった時、温は寂しがるよりも安堵した。

逃げてほしい。この家は、駄目だ。

ここにいては、優しかった人たちも、みんな心を狂わされるから。

「……その人たちが古久喜家から逃げられたのかどうか、わからないのか」

陸海に問われて、温は首を振った。

「わかりません。僕が関心を持ったと周囲に知られれば、憑き物ではなく、古久喜の人間に傷つけられることくらい、僕にも理解できましたから」

だからきっと、温が志菜を慕っていたことなど、誰も知らない。

「ずっと奥座敷に来なくなる人たちは怖ろしくて逃げ出したか、憑き物に喰われたんだろうとぼんやり思ってましたけど。たとえそうじゃなくても、僕と必要以上に親しくならないよう定期的に入れ替えられていたんだと、志菜が来なくなってから気づきました」

当主に気に入られれば、いい目を見られるかもしれない。

おこぼれが欲しいから当主に取り入りたいが、憑き物の近くに毎日行くのは怖ろしい。

だから古久喜家の大人たちは、遠縁の人間を呼び付けては入れ替えて、温の心に残らないよう努めた。

「志菜も、単に入れ替えられただけだっていうならいいなあ……」

今となっては温に調べる術(すべ)もなかった。彼女は志菜とだけ名乗ったので苗字は知らない。古久喜の名を持つ者は全員死んだ。近しい傍流の人間も皆死んだが、さらに遠縁ならば生き延びている可能性もある。

ただ、遠すぎればどの家にいた者かすらわからない。訊ける相手ももういないのだ。

「それでも人間が好きだって言うのか、おまえは？」

訊ねてくる陸海の言葉に、温は笑った。

「陸海さんにはきっと、とても不愉快なんでしょうけどね」

志菜は古久喜家が憑き物からもたらされる財に目が眩むことなく、ただ温に優しくしてくれた。

そんな彼女を、庭師を、掃除婦を、危険な家に関わらせる元凶でありながら、『好き』だと言う。

おまえは何様なのかと陸海が自分を糾弾したくなる気持ちも、温にはわかる。

陸海は大切な人を、古久喜家のような者たちから理不尽に奪われた側の人間だ。

(きっと僕にだけは言われたくないだろう)

倉庫部屋でみつけたアルバムの写真を温は思い出した。

本当ならこの家にいるのは、陸海の姉であり、両親であったはずなのだ。

加害者と被害者。自分と陸海の関係は、そう表すことが一番しっくりくる気が、温にはする。

「でもどうしても、好きだと思わずにはいられないんです。志菜たちがいる世界だから、憑き物のせいで駄目になったりしないでほしい。もしもせっかく彼女たちが無事に古久喜家から逃げ延びられていたのに、この憑き物が彼女や彼女が大事にしている人を傷つけたり、殺すようなことがあったら、とても悲しいじゃないですか」

「……だから」

「え?」

　ぼそりと呟かれた声がうまく聞き取れずに、温は冷めかけたナンを手にしたまま、陸海を見遣った。

　陸海は手許のカレーに目を落としていて、温の方は見ていない。

「だから家を出たのか。憑き物の子なんて産みたくないっていうだけじゃなく」

　陸海の表情は読めないし、声音も平坦なものだったから、どういう気持ちでそう呟いているのか、温にはわからない。

「……できるなら自分のせいで誰かが傷つくなんてこと、ない方がいいって、思ってますよ」

　これも陸海にとっては白々しく聞こえて怒らせるだけの台詞だろう。だからいつものように、真剣味を欠いた、軽薄な口調で言おうと思ったのに。

　なぜだろう、変に力のない小声になってしまった。

　それきり陸海が黙り込んだので、温も何も喋らず、ただナンでカレーを掬っては口の中に押し込めた。

　その晩、どれだけ温が来ないでほしいと願っても、結局憑き物が現れた。
　陽が落ちる頃から腹の奥でぞわぞわと動き回る感触がして、気づかないふりでやり過ごそうと床に着いたが、目を閉じた途端、嫌な感触に頬を撫でられる。

「陸海……さん……」

嫌々ながらに、温は陸海の名を呼んだ。

陸海はもう憑き物の気配に気づいているだろう。本当は部屋に来てほしくない。だが、この憑き物たちを祓ってもらわなければならない。

(見られたく、ないのに)

こうなる前に陸海によって憑き物を体の中から引き摺り出すことはできないのか、昼間のうちに訊ねてみた。

『難しい。というよりほぼ不可能だ。おまえの意識が混濁している状態であれば、それを明瞭にさせた時に憑き物を追い出すやり方も使えるだろうが、ここまではっきり自我を持った状態でも中に居座っているとなれば』

温が強く願っても無駄なのだから、そうそう簡単に憑き物が出て行こうとするわけがない。

『おまえの中の憑き物は、力も強いが警戒心も強い。今は俺に祓われないよう、親玉も雑魚共も身を潜めている。油断して——欲望に負けてまたおまえに触れようとした時、その隙を狙ってまた少しずつ引き剝がしていくしかない』

最初から陸海が同じ部屋にいれば、憑き物たちはそれを嫌がって夜になってもなかなか姿を見せないか、あるいは陸海に危害を加えようとするだろう。

だから温は、一人で部屋にいて、ある程度憑き物たちが姿を見せ、自分に夢中になる頃合いを待たなければならなかった。

「陸海さん……もう……」

憑き物は黒い靄の形として現れ、蔓や触手のように温の体に絡みつく。

どうすれば温が苦しげな、甘い声を上げるのかもう知っていて、ある触手は性器の先端を包むように貼り付き、ある触手は焦らすように背中や腰の辺りを撫で回している。

（嫌だ、気持ち悪い……怖い、嫌だ）

温の体も、憑き物に触れられる感触を覚えてしまっている。快楽に流されてしまわないよう、頭の中で否定の言葉をひたすらに繰り返す。

嫌だと思うのに体が熱くなるのが辛かった。

もう何も感じないよう、何も考えないようにしようとあがくうち、目の前が翳る。

縋る気持ちで見上げると、陸海が温のそばに立っていた。戸の開く音にも、陸海が入ってくる足音や香炉を置く気配にも、まったく気づけなかった。

「いやだ……」

憑き物に触れられることより、触れられて身悶えする姿を陸海に見られることが嫌だった。

（何ともないと、思っていたのに）

最初から恥まみれの存在だ。憑き物に生かされ、それを利用する家の人間に生かされてきた。

そのために生まれてきた。

だから今さら暴かれる本性もないと高を括っていた。自分が惨めな姿を晒せばきっと大勢の人が溜飲を下げるだろうとも考えていた。

だから初めて陸海にこんな姿を見られた時に感じた気まずさや気恥ずかしさは、ごく些細なものだった。それよりも嫌悪や恐怖感の方が強かったせいもあるのだろう。

でも、今は。

(……見ないでほしい……)

見なければ陸海が仕事を果たすことができないのだから、馬鹿馬鹿しい願いだとは思いながら。

憑き物の靄に腰骨の上を粘着質に撫で回され、温は横たえた体をびくりと大きく跳ねさせる。

寝間着の浴衣が上掛けの下ですっかり乱れていた。

「……っ、ん……」

陸海がその上掛けを剝がす様子を見ていられず、温はきつく目を瞑った。ぎゅっと瞼を閉じると目尻から微かに涙が零れる。

(この人が、もっと、噂通りの嫌な人だったらよかった)

温は繰り返し思ってしまう。金に汚い、冷酷な憑き物落とし。力だけはあるが、人を人とも思わないような傲慢な男。

そう聞いていたから、温はむしろ陸海に会うことに抵抗がなかった。いくらでも蔑んだ目で見てくれていい、力任せの憑き物落としは願ったり叶ったりだ。

最初はたしかに冷淡だった。出会った時、家に押しかけた時、陸海は明らかに温と温の中にいる憑き物を嫌悪の目で見て、抑えた言葉には無数の棘があるようだったのに。

けれども今、上掛けを剝がす仕種は慎重で、温の汗ばむ肌や与えられる刺激に耐えかねて震える体を見おろす陸海の眼差しには冷たさが見あたらない。

眉はきつく顰められ、目は細められているが、それは不愉快さではなく憐憫を表しているように見えた。

（いやだな）

憐れまれるくらいなら軽蔑してほしい。

力尽くで与えられる快感に屈しているなどと思われたくなくて、温は枕に顔を伏せて必死に声を押し殺した。

「く……」

だが憑き物の方は、そんな温の反応を面白がるように、動きがさらに執拗になった。胸の先を動物の舌のような動きで転がしたかと思えば絞るように吸い上げ、同時に下肢の間で固く張り詰める性器の先からずぶずぶと中に入り込む。狭い場所を押し広げられ、痛みと怯えで気持ちは竦んだようになるのに、奥へと進まれると腹の底がぞくぞくするような、切ないような感覚が生まれる。

だらしなく唇から漏れる唾液をどうすることもできないまま、温は必死に枕に歯を立てた。

声を出したくないのに、食いしばる歯の隙間から憑き物が入り込み、喉をこじ開けようとしてくる。

「……ぅ……、……」

肺や胃の中にまで入られそうな恐怖に温が耐えきれずぽろぽろと涙を落とした時、体を起こされた。陸海の体に凭れるような恰好で上体を起こされ、顎を摑まれる。

「……ぁ……」

陸海の顔が間近になるのを、温は涙の張った目でぼんやりとみつめた。

陸海の舌が、温の唇の辺りに貼り付く黒い靄を搦め捕り、吸い上げる。

「く……、ん……」

ずるりと、喉の中からそれが引き出される感触。温は無意識に陸海の腕に指をかけた。苦しい。どうしようもなく体が震える。

「は……、あ……っ……ぁ……」

憑き物は少しずつしか引き出すことができない。じわじわと喉を擦られるのが温には辛く、陸海も焦れたような息を漏らして、温の頬を両手で包み直した。

陸海の舌が、温の唇の中に入り込んでくる。

憑き物を搦めるための動きなのに、自分の舌を陸海のそれで擦られ、吸われて、温は苦しさのせいだけではなく呻き声を漏らした。

（どうして……）

気持ちいい。

苦く焦げた不快なものが自分の唾液と混じって口一杯に拡がっていたのに、陸海の舌で掻き回されると、それが嫌悪から別のものへと塗り替えられていく。

最初は苦しさから逃れたいだけの動きだったのに、温はいつのまにかその心地よさを求めて自ら陸海の舌を探すような仕種を作ってしまった。

「……ふ……ぅ……っ、……ん」

陸海も熱心な動きで、大きく開かせた温の口中に舌を這わせている。上顎を舐められた時、温は下腹部に違和感を抱いてまた声を漏らした。

「うぁ……、あ……」

性器の中の細い道を、ずぶずぶと憑き物が行き来している。

「いやっ、いやだ……」

強烈な感覚が腹の底から押し上げられてくる。こんなに深く潜られたのは初めてだった。

「取って、陸海さん、取って……ッ」

小刻みに温の腹が波打つ。悲鳴じみた懇願を温が漏らしてしまったのは、痛みや恐怖のせいではなく、腹の奥に蟠る熱を吐き出したいのにそれを阻まれている切なさのせいだった。

出したいのに出せない。

（いきたい……、……いきたい……）

三ヵ月前までは、まったく性のことに関して無知だった。誰も教えてくれなかったし、部屋に閉じ込められてろくな運動もせず、質素な食事を続けていたせいか発育もよかったわけではない。

だから温の精通は、憑き物によってもたらされたものだった。

初めて射精させられて、怖くて気持ちよくて泣き喚いた夜から、温の心はどれだけ抗おうとしても、体はその悦楽を求めてしまう。

早くそれを退けてほしい。行き場を失くして燻る熱を解放したくて、けれども浅ましく陸海に縋るような真似まではできずに、温は小さく啜り泣きながら惑乱して首を振った。

怖くて陸海の顔が見られない。蔑んでくれた方がいいと思っていたくせに、本当に侮蔑の目を向けられたらきっと心臓が凍るような思いを味わう気がする。だから強く瞼を閉じる。

なお管の中を嬲み続ける憑き物の動きに為す術もなく震えて、泣き続けていた温の体を、少し荒い力が押した。

陸海に肩を摑まれ、押されて、温は他愛なく床に転がった。

「——」

何が起きたのかと、きつく瞑っていた目を開けた時、仰向けに寝転ぶ自分の、立てた両膝の間に、陸海が顔を埋める姿が見えた。

「ぁあ……」

陸海は温の茎の根元を指で支えて、先端に絡みつく憑き物へと唇を寄せている。

とても正視できそうにない眺めだったのに、温は目を逸らすことができずに、陸海が黒い靄を吸い上げ、舌で搦め捕る仕種をみつめ続けた。

「んっ、く……、……うぁ……ッ」

陸海の舌は憑き物ごと温の表面を舐めている。黒い靄を陸海が強く吸い上げた時、温の中をずるりとそれが抜き出され、小さく開いた鈴口の先端から白濁した体液が溢れ出す。

「……っ」

どろどろと溢れ出した精液が温自身を汚す。温は声もなく喉を仰け反らせ、射精の快感で目の前が白くなる感じを味わった。

身を強張らせて達し、精を吐き出すと、体は弛緩しているのに、腹や内腿だけがびくびくと断続的に震え続けた。

涙で滲む視界をどうにか凝らすと、自分の体に纏わりついていた黒い靄がほとんど消えていることに温は気づいた。

(……終わった……?)

責め苦に近い壮絶な快感からもようやく解放されたはずなのに、余韻がだらだらと続いて思考もあまりはっきりとしない。

ただ、充足感よりもはるかに虚脱感や虚無感の方が強すぎて、すぐには陸海に何を言うこともできない。

（……早く、出て行ってくれないかな）

礼も伝えずそんなことを願うのは我ながら厚顔だと思うが、これ以上無様な姿を陸海に見られ続けることが、ひどく耐えがたいことのように感じる。

（……志菜以来、初めて、こんなに長い時間一緒にいる、『他人』なのに）

憑き物に怯えながらご機嫌を取ろうと忘れた頃に部屋を訪れる古久喜の大人でもなく、金と引き替えに自分の欲望を果たそうと下卑た笑顔を向けてくる依頼人でもなく、金に釣られてか立場上断れずに温の世話をするために現れては消えていく遠縁の者たちでもなく。

血縁以外でこんなにたくさん話したのはあなたが初めてだと言ったら、陸海はまた呆れた顔をするだろうか。

こんなことも知らないのか、と言外に匂わせるあの眼差しが、温は案外嫌いじゃなかった。

（だから。明日また、僕のくだらない言葉に、そういう顔や声でまた、普通の話を）

そう願いながら、温は疲れ切った腕を上げて目許を拭い、緩慢な動きで身を起こそうとする。

「陸海さ……」

あとはもういいから、部屋に戻ってください。

そう言いかけて、温は言葉を失った。

陸海はどこか虚ろな眼差しをしている。

微かに息を乱している。

温は少しだけ、座ったまま後ずさった。大して逃げることはできなかった。

泣き声を零しそうになった時、強い力で片方の足首を掴まれた。引き摺られるように再び仰向けに倒れながらも、温は抗うように必死に床に縋った。

（ああ、この人も……駄目か）

憑き物を直接口に取り込むような真似をして、陸海が無事でいられるはずもないのだ。

陸海が噛み砕いて祓おうとした憑き物は、逃れるために彼の中に入り込んでしまったのだろう。

古久喜の家にいた頃も、外に出てからも、顔を合わせているうちに相手の様子がおかしくなることが何度もあった。

温に執着する憑き物の欲望にあてられて、思考が狂わされるのだ。

より大きな財、邪魔者の排除、そんなものよりもただ――温を陵辱するという欲に体も心も支配され、襲いかかってくる。

「陸海さん、駄目です……駄目……」

嫌がる温の脚から、陸海が下着を引き抜く。腿の裏を痛いほどの力で摑まれ、自らの精液で汚れた場所を暴くように、大きく脚を開かされる。

温を犯そうとすれば、陸海は『奥』に殺されるだろう。

小者たちが自分と共に温の中に棲み着き、夜ごとに体を嬲っても『奥』は気にしない。

だが――人間が温を手に入れようとすれば、嫉妬に狂った憑き物が相手を殺す。

そうやって、自分を組み伏せた相手が、自分の上で血まみれの肉塊になるところを温が見たのは、一度や二度のことではなかった。

(駄目だ)

我をなくしたように自分を陵辱しようとする者たちが間近で死んでも、温の心は動かなかった。馬鹿な人だなと呆れ、多少は憐れむだけだ。最初から、自分や憑き物に関わろうとしなければ、死ぬこともなかったのに。

でも陸海は違う。温自身が巻き込んだ。嫌がって断ったのに、無理に喰い下がって――そんな温にこの家にいることを許してくれて、買い物に連れて行ってくれて、食べるものを用意してくれて、一緒に食べてくれて。

すべて嫌々で仕方なくだったとしても、同じテーブルで向かい合って笑いながら食べるような距離感ではなかったとしても、でもやっぱり陸海は優しい、いい人で。

(――こんな人を死なせたら、駄目だ)

温は力を振り絞って手足をばたつかせ、陸海から逃れようと床を這う。逃げ切れはしない。体の大きさや力だけでもはるかに負けているというのに、今の陸海は憑き物に支配されかけている。陸海と憑き物と両方の力で押さえられたら勝ち目は万に一つもない。

（だから……）

どうにか部屋の隅まで転がるように逃げ込む。壁際に、ディスカウントストアで買ったものがまとめて置いてある。

使いもしない、使い途もわからずに買った品物の山に手を突っ込んで、温は目当てのものを探し出して手に取った。

「ごめんなさい陸海さん」

調理具売り場でみつけたペティナイフ。そんなもので憑き物を殺すことはできないが、人間が相手であれば役に立つかもしれない。陸海のことを今よりももっとわからなかった時、念の為にと買い物カゴに放り込んだもの。

その鞘を外し、震える手で切っ先を陸海に向ける。

陸海が虚ろな眼差しを向けたまま、ゆらりと温との距離を詰める。

温はきつく奥歯を噛み締めて、ペティナイフの柄をきつく握り込んだ。

6

はっと、相手の目が大きく見開かれた。

「——何だ?」

一度大きく頭を振った陸海は、それだけ呟くと、急に喉が痛んで激しく咳き込んだ。

咳き込みながらも前を見ると、温が瞠った目からぼろぼろと涙を零しながら、なぜか、ナイフをこちらに向けている。

「……くがみさん?」

子供のように頼りない、あやふやな口調で温が陸海の名を呼ぶ。

「……何だ」

もう一度同じ言葉を、違うニュアンスで陸海は口にする。

「……陸海さん、ですか?」

陸海は不快なものを吐き出すように咳をして、その衝動が落ち着いた頃、口許を手の甲で拭いながら頷いた。

「ああ」

「——」

　ぽとりと、温の手からペティナイフが落ちた。

「違う」

　温が、つい今までナイフを握っていた自分の掌を見おろして、がたがたと震え始めた。

「違う、違います、そうじゃない、僕は陸海さんを殺そうとしたわけじゃ」

　陸海が何を言ったわけでもないのに、温が怯えたようにそう繰り返し、両手で顔を覆った。

「わかってる」

　泣きながら震える温の姿が、あまりに痛々しくて、陸海はその言葉を遮るように、少し強い調子で言う。

「ただ、陸海さんに正気に戻ってほしくて」

「大丈夫だ、わかってる」

　ただそうしなければ、そうしたいという衝動のまま、陸海は温の震える体を両腕で抱いた。

　温は一度大きく身を震わせたあと、陸海が強く抱き締めると、急に体から力を抜いて泣きじゃくり出した。

「悪かった」

　陸海が告げると、滅茶苦茶に首を振る。

「ちが……くが、……さ、は、悪くない……」

「わかったわかった」

温が何を言っているのかはわからなかったが、何を言おうとしているのかはわかったので、陸海は繰り返しそう言って頷いた。

そして思いがけないくらい痛む胸を持て余す。

(俺はどうしてこいつを、あれほど毛嫌いしたんだろう)

第一印象は最悪だ。それは仕方ないと自分でも思う。古久喜家のことを知れば知るほど嫌悪が募った。久々に憎悪の心すら思い出した。

おまえらのような奴らが、俺から全部奪ったのだと。

(でも、温は)

温だって踏み躙られた側なのだと、本当はとっくにわかっている。

好きで古久喜家に生まれついたわけでも、当主にされたわけでもない。憑き物と一緒に生きたい子供なんているはずもない。

温が語るこれまでの生活について知るほど、そのせいで培われた思考を知るほど、陸海は少しずつ息が詰まるような心地を味わわされた。

十七年以上も家の中に、いや、ひとつの部屋の中に閉じ込められ。

心を許せる家族もなく、友人も、知人すらおらず、ごく短い時間交流しただけの世話係を大切に想って。

そんなたった一握りの出会いだけしか味わったことがないのに、それでも『人間が好きです』と笑って言う。

（おまえのせいじゃないんだ）

本当は何度もそう言いたくなる瞬間があった。

言えずに飲み込み続けてきたことを、陸海はただ悔いる。

「……おまえは、俺を助けようとしたのにな」

最初に温の中の憑き物を吸い出し、噛み砕いた時から、ずっと陸海の舌にはその味が残っていた。

苦くて嫌な感触。

それはなかなか消えず、ただの残滓かと思っていたのに、いつの間にか陸海の中に入り込んでいた。

それに気づいたのはつい先刻だ。

今日の温の姿を見た時、頭の芯を貫かれるような痛みと——背筋が震えるような悦楽を感じた。

憑き物に快楽を引き摺り出され、乱れて啜り泣く温の様子に、誤魔化しようなく欲望が湧き上がった。

温を、犯したい。

自分の欲で温の体を貫いて、掻き回して、内臓を引き摺り出すような交わりがしたい。

まずいと思った時には止められなくなっていた。

温の中の憑き物の力を侮っていたわけではない。

侮っていたのだとしたら——自分の、温に対する感情をだろう。

同情程度だと思っていた。

あまりの物知らずに呆れ果て、悪怯(わるび)れない明け透けな言動に嫌悪が募り、だがそうなったのは温が望んだわけではなく、周囲に押しつけられた結果なのだと気づいて、嫌悪の強さに反比例するように痛々しさを覚えるようになった。

そして夜、憑き物に体を弄(もてあそ)ばれて嫌だと繰り返し、怯える姿を見て、もっと強く胸の奥が痛んだ。

長らく覚えたことのなかった感情だったから、それがどういうものなのか陸海にはわからなかったし、今だってそれに名前がつけられないままだ。

そんな陸海の動揺が、憑き物につけ込まれた。

——怯えと快楽に翻弄され、震えながら体をくねらせ、息を乱す温の姿を見て、我を忘れた。意識を奪われた。

喩(たと)えようもなく興奮した。今まで感じたことのない欲望が体中に行き渡り、服の下では猛(たけ)った熱が下着を突き上げていた。

それでも完全に自分を見失ったわけではなく、陸海はどうにか憑き物を自分の中から取り去ろうと苦戦していた。

体が勝手に動いて、温を組み敷き、脚を開かせる自分の動きに焦燥を感じながらも、少しずつ冷静さを取り戻し、自分の中に入り込んでいる憑き物を探り当てては追い立て、握り潰し、噛み砕いて消していった。

それでようやく自分の意思と体の動きが同調しかけた頃、自分に刃物を向ける温の姿が視界に飛び込んできたのだ。

温も必死に自分を正気に戻そうとしていたのだと、陸海にはすぐにわかった。

「油断した。俺の落ち度だ。おまえは何も悪くない」

「……っ……」

温は陸海の腕の中で泣きじゃくっている。

今の温には、味方となり得る人間が、陸海しかいないのだ。

その陸海すら憑き物に捕らわれ、自分を犯そうとしたのだから、怖ろしい思いをして当然だ。

「くっ、陸海さんこそ、悪いことなんて、ひとつも……」

「俺のせいにしておけ。おまえは——そんなに全部背負い込まなくていいんだよ。おまえのせいじゃないいんだから」

「……」

「俺が、悪かった。おまえに対する態度は全部八つ当たりだ。別に……おまえが俺の家族や友人を殺したわけじゃない」

「……でも」

「いいから」

温の反駁を強引に制止して、陸海はぐしゃぐしゃとその髪を乱暴に撫でた。

「今は、気がすむまで泣いとけ。何も考えるな。怖くて嫌だっただろ、全部吐き出しとけ。……ああ、自分を襲った俺にこんなことされてるのが嫌だっていうなら」

まだ考えが甘かった。陸海は自分こそ温を泣かせている元凶ではと気づいて、腕の力を緩めようとする。

「やじゃない」

だが妙にきっぱりと温が言って、腕にしがみついてくるので、つい苦笑が漏れる。

「おまえは……いじらしいな」

言うつもりはなかったのに口から何か漏れた。

温が居心地悪そうに体をもぞつかせている。そんな様子にもまた笑ってしまった。

「おまえの中の憑き物は、俺が必ず始末する。だから今は、ただ安心して、好きなだけ泣いてろ」

安心したら泣かずにすむかもしれないなと、これも言ってから思ったが、温は陸海の腕から逃れようとすることもなく、泣き止むこともなく、だがもう怯えや苦痛を感じさせるような仕種は見せずにいた。

なのになぜまだこんなに胸が痛むのかわからないまま、陸海は温が泣き疲れて眠りに就くまで、じっと動かずにその体を腕に抱き続けた。

翌日、陸海が目を覚ますと、なぜか客間の片隅に温が座っていた。

腰窓の下で膝を抱え、少し開いた窓の隙間からぼんやりと外を眺めている。

横顔しか見えないが、瞼がかなり腫(は)れぼったい。泣き明かしたか、眠れなかったか、その両方か。

陸海の方は気づけばすっかり寝入っていたので、温がどれくらい眠ることができたのかはわからなかった。

ただ、長い時間温が泣き続けていたので、その間はずっと、何となく、頭や背中を撫で続けていたことは覚えている。

「……起きてたのか」

壁の時計を見れば、朝六時前。どうせお互い仕事に行くわけでも学校に行くわけでもないのだから、まだ寝ていていい時間だ。

陸海は欠伸（あくび）を噛み殺しながら身を起こした。

「……狭かったでしょう」

温は陸海と目を合わせず、畳の目地を辿るように視線をうろつかせながら、気まずそうな口調で言う。

「何でそんな隅っこにいるんだよ」

「寝辛いかなと、思って……」

温の返事はどことなく歯切れが悪い。

大体こちらをじっと見ていることが多いのに、今は目が合わなかった。

「起きたら僕だけ布団で寝てるから、びっくりした」

言われてみれば、陸海は布団の上ではなく、畳の上にいた。

「どうにか布団に戻そうとしたんですけど、重たくて……」

温と陸海では、体重差がゆうに二十キロ以上はありそうだ。温は見るからにひ弱だし、うまく転がして布団に乗せることもできなかったのかもしれない。

「別にいい、こんな煎餅（せんべい）布団、あろうがなかろうが同じようなものだし」

ディスカウントストアで間に合わせに買った客用布団は、セットでも数千円の、綿があるのかないのかわからないようなペラペラな安物だ。

「ちゃんと買い直す。これじゃ寝た気がしないだろ」

きっと古久喜家では、もっとマシな寝具を使っていたに違いない。周りの者は決して温や憑き物が不満を持たないよう、至れり尽くせりの部屋と生活を用意していただろう。

（それはそれで、腹の立つ話だ）

飼い殺しという言葉以外、陸海には浮かばなかった。

「……僕はまだここにいていいのかな」

陸海の方を見ないまま、ぽつりと温が呟く。

「憑き物落としは終わってない。いないとまずいだろう」

「でも……」

温が何を気にしているのか、当然、陸海にもわかる。

「油断したのは悪かったって言っただろ。もうあんなことは二度と、絶対にない」

憑き物に体を乗っ取られ、危うく温を犯すところだった。

その隙を作ってしまったのは、温に対する疚（やま）しさのせいだろうと陸海にもわかっている。

体を嬲られ泣く温は、痛々しいのに煽情的（せんじょうてき）だった。

だがそう感じることは後ろめたいから、何も考えないよう努めた。

いい気味だと思うことができればよかったのかもしれない。当然の報いだと、せめて憐れむだけで終わっていればよかったが、陸海は温の姿に劣情を抱いていた。

そういう自分を認められずにいたせいで、隙ができたのだ。

（認めてしまえば、これからは大丈夫だろ）

息を乱して喘ぐ温の姿を見て、自分は色気を感じる。感じるのだから仕方がない。相手が自分より八つも年下だとか、男だとか——憑き物に関わる人間だということは、それを感じていること自体を否定する材料にはできない。

要するに、開き直った。

温相手に欲情する自分が受け入れがたいという、自分に対する反撥心は殺す。

その上で、相手が八つも年下で、男で——憑き物やそれを利用する奴らの被害者であることは理解して、決してこれ以上辛い目に遭わせることがないよう、自分を戒める。

「口で言ったところで、信用はないだろうがな」

襲われかけた温が、警戒して自分から距離を置き、怯えたように膝を抱いて座るのは、当然だ。

逃げ出せなかったのは、温が頼れる相手が他に誰一人ないからだろう。

こんな自分にでも縋るしかないという温の状況が、陸海には心底気の毒だ。

「俺は大丈夫だと確信してるが、もし不安なら、ゆうべのナイフを枕元に置いておけ。万が一また俺が正気を失くした時には——」

「だから！」

温が、陸海の言葉を遮るように声を上げた。

陸海は少し驚いて温を見る。

温は自分の膝に顔を伏せている。

「だから、そんなことしたくないから、ここにいていいのかって、怖くなるんだ。陸海さんは嫌じゃないんですか。自分を傷つけようとした相手が、そばにいるなんて……」

「……」

まだ自分は温のことを少しもわかっていなかったのだなと、陸海は苦笑したい気分だった。

温が案じているのは温自分の身の安全ではなく、陸海の身の安全だ。

「本当は、陸海さんだけじゃない、他の誰も巻き込めずにすめば一番だと思ってはいるんです」

消え入りそうな声で温が言う。

「でも僕一人じゃ、どうしようもない。何の力もない、ただ化け物を体に飼うだけの、僕自身も化け物のようなもので……」

陸海は黙って温の言葉を聞く。

「……人のいるところに出てきたりせずに、一生、古久喜家で暮らすことも考えました。古久喜家があるところはずいぶんな山奥で、田舎だ。どうせ家の人たちはみんな死んでしまったし、そこで憑き物と一緒に閉じこもっていれば……たとえ僕が産んだ子を食べた憑き物が一時的に力をつけようとも、そもそも『餌』になる人間がいなければ、誰を傷つけたり……殺したりすることもなく、終われるんじゃないかって」

温の話し声に嗚咽が混じる。陸海はそっと立ち上がり、温の方に近づいた。

「でも、仲介する人間もいないはずなのに、いくら大人しく家に閉じこもっていても、誰かがどこからともなく現れて押しかけてくるんです。僕の同意なんて求めずに憑き物は勝手に依頼を受け入れる。駄目だ、嫌だって言っても人の望むままに誰かを殺して、それで、僕の前には金が積み上がる。その金の匂いを嗅ぎつけてまた別の誰かがやってくる。それが何百年もこんなことを続けてきた古久喜の家の、当然の姿なんでしょうね」

陸海は温の隣に座った。頭に手を置くと、温の体が目に見えてわかるほどびくりと跳ねた。のろのろと顔を上げた温の目許や頬はびしょ濡れだった。昨日からこんなに泣いてばかりで、干涸らびるのではないだろうかと陸海が心配になるほどだ。

「――最初からそういう顔で俺のところに来ればよかったんだ。そうすれば、すぐに仕事を受けてやれたのに」

陸海が頭を撫でると温が身を竦ませるのは、自分にそうされる資格などないと思っているからだろうか。

「加害者が、傷ついた顔でのこのこ目の前に現れたら、そんなの、駄目じゃないですか……僕はせめて、ふてぶてしい態度で、ひとつも自分が悪いなんて思ってない、喰われた側が間抜けなんだって、傲慢に思ってるふりで……そうしないと……」

温はもう、そんな態度を欠片も保っていられないのだろう。

陸海はまたひどく悔やむ羽目になった。初対面の温を、頭から悪だと決めつけて接した。温の抱える気持ちを何も見抜くことができなかった。

そうしてほしいと温が望んでいたということは、陸海の後悔を和らげる理由にはならない。

「助けを求めること自体が間違ってるって、わかってる。けど僕が首を切ろうが、吊ろうが、飛び降りようが、水に沈もうが、薬を飲もうが、全部阻まれてしまう。僕は憑き物のせいで、僕自身を傷つけることすらできない。だからいっそ、と思って餓死を試したこともあるんですけど。……食事をね、化け物が、持ってくるんです」

温は身を固くして、陸海の視線を逃れるように顔を伏せて、呟く。

「憑き物自身の好物を。……自分が殺した新鮮な人間の死体を、僕のところに」

「……」

陸海の脳裡に昔見た最悪の光景が蘇った。

姉の死体を、目の前に投げられた。

手足が折れ曲がり、体の一部を欠損した姉の体が、まるでモノのように放り出された。

自分の腕を過信して、憑き物だろうが他のどんな人間だろうが怖くなどないと思い上がっていた頃。

陸海を煙たく思った同業の人間が、憑き物を使って姉を襲った。

（報いを受けた）

憑き物、それを利用する人間、利用される心の弱い奴ら。許せないものが多すぎて、必要以上に敵を作ったせいだ。うまく立ち回ろうと思いもしなかった。姉には何度も諫(いさ)められていたのに。その姉にすら、「両親を殺されたのに、甘いことを言うな」と言い放ち、忠告をひとつも聞き入れようとしなかった。

たとえ報いを受けるとしても、自分だけだと高を括っていた。

（わかっている。俺が何より憎んでいるのは、そんな自分自身だ）

一人になってしまったから、もう失うものもない。

だから他の誰が傷つこうが、死のうが、どうだっていいと思い続けてきた。自分からすべてを奪った者たちに復讐(ふくしゅう)する気分ですらいた。

けれど目の前の温は、誰も傷つけたくないのだと泣いている。

「だから、憑き物を消してくれる人を探そうと決心した。生まれてからずっと家の中でしか過ごしたことがないから、外に出るのはすごく怖かったけど……でもそれより、本当は」

ぽたぽたと、決して止まることのない温の涙が、畳を叩いて濡らす。

「このまま一人で死ぬのが、嫌だったんだと思います。誰かと話がしたかった。いつか、少しの間だけど志菜(ゆきな)がそうしてくれたみたいに、僕の話を聞いて頷いて、どんな些細なことでも話を聞かせてくれる、そういう……」

温はそう言うとしばらく言葉を途切れさせた。

陸海は先を促すことはせずに黙り込み、温が乱暴に自分の目許を拭う姿を見守る。

温は少し、息を吐くように笑ったようだった。

「古久喜家の当主として、散々いい目を見ておきながら、一人が寂しいなんて……随分贅沢で傲慢なことだって、知っています」

「でもそれは、おまえが望んだことではないだろう」

いい目を見たとも思えなかった。もし温の暮らしていた奥座敷とやらが立派なもので、自分では何をすることもなく必要なものが用意されていたとしても、それはただの——やはり、飼い殺しでしかない。

「僕の望みなんて、関係ありますか？　理由があって、原因があったからって、許されることではないでしょう」

泣き腫らした顔を上げ、温が陸海をみつめる。

「事実陸海さんは、僕を許せないんじゃないですか」

「……」

違う、と陸海には言い切ることができなかった。

温を可哀想だと思う。間違いなく彼も被害者だとわかる。

それでも温の中に憑き物がいる限り、許すと言うことが、どうしても陸海にはできない。

自分がしくじれば、この先も温のせいで、人が死ぬことになる。

悪いのは憑き物だけだと言ったところで、自分にとっても、温にとっても、一体何の意味があるのだろうかと、陸海は考え込んでしまった。

答えを返さない陸海を見て、温は一度目を伏せてから、再び顔を上げ、笑った。

「おなかが空いたな。朝ごはんにしませんか。その前に、お風呂に入りたいんですが……」

目許を腫らしたままなのに、温は昨日までのような態度に戻ってしまった。

無理にそんなふうに振る舞わなくていいと温に告げるか迷った挙句、陸海は結局その言葉を飲み込んだ。

やはりたとえ何を言おうが、たとえ陸海がどう思っていようが、体の内に憑き物を飼っている限り、温は素直な気持ちを表に出すことはできないままだろう。

(なら少しでも早く、全部祓うまでだ)

言葉には出さないまま、陸海はそう決意する。

これまでも、一刻も早く仕事を終えて、温を追い出そう、厄介払いをしようと思っていたが、そんなものよりも、もっと強い気持ちで。

「ならその間に朝食を買ってくる」

「またカップ麺でいいですよ」

「……俺が飽きた。何か食べたいものはあるか」

「えー……、……焼きそば？　お湯を入れるやつ」

まったく安上がりな奴だ。——だがそんなものが楽しみになるくらいの暮らしをしてきたのだろう。

「ならそれは朝か昼に。夜は何か出前でも取るか」

「ラーメンと餃子」

「弁当のチラシはあったかな……」

もう少しまともなものを食わせてやりたいが、生憎、陸海は料理をしない。出前は出前でも、せめてそれほど栄養の偏らないメニューの方がいい気がした。

「聞いたから答えたのに」

温は不満そうだ。わざと無視されたと思ったらしい。まあ、わざと無視したのだが。

「戸棚にいっぱいあったのになあ、カップ麺とカップ焼きそば」

ブツブツ不平を言っている温を置いて、陸海は客間を出る。

陸海一人であれば一日三食カップラーメンだろうが、何も食べなかろうが、どうでもいいのだ。

だが成長期であるはずの温に、そんなものだけを食べさせる気が、もう陸海には起きなかった。

（……怖いな）

正直に、陸海は思う。

一人ではなくなってしまった。守りたいと感じるものができてしまった。

甲斐のない願いになるかもしれない。これだけ憑き物落としを繰り返しても、本体にすら触れられないことなど、陸海には初めてだった。それだけ温の体にいる憑き物は強大な力を持っているということだ。

陸海は絶対にそれを温の中から引き摺り出すつもりではあったが、それが叶うという確信は持てなかった。

（俺でも無理かもしれない）

不安や自信のなさからではなく、現実的、冷静に判断して、そう思う。

（だから決して驕らず、細心の注意を払って……二度と奪われないように）

そして悔やまないように。

憑き物に関わった者が長く生きられるなんて思えない。自分も、温も。

たとえ短いつき合いになるとしても——だからこそ、もっと優しくすればよかっただとか、もっと話をすればよかっただのと、いざ命を落とす時に悔恨を残さないように、自分が温にしておきたいことはやっておこう。

そんな決意もまた、陸海はしておいた。

7

陸海の遠ざかる足音を聞きながら、温は少し開いた窓の窓枠に頭を凭せかけ細く溜息をついた。

（やっぱり、優しい人だな）

口を極めて温を罵ってくれたっていいのに。その権利を絶対に陸海は持っているのだから。なのにそうせず、黙って、自分をここに置いてくれている。

（それだけでいいんだ）

誰かに許してほしいわけじゃない。許されるなんて思ったこともない。

きっと陸海には迷惑なだけだろうけれど、最後に辿り着いたのがあの人でよかったと、温は心から思う。

そのまま窓辺でいつの間にかうとうとしてしまい、陸海に呼ばれて目を覚ました。

「風呂、湧いたぞ。眠たいなら後で沸かし直す」

「いえ……入ります」

眠たかったが、ちゃんと湯を浴びたい気持ちの方が強かった。何しろ寝間着は皺だらけで、それにあちこちごわごわしている。肌はべとついていて、臭いもあるし、落ち着かない。

(でも多分、陸海さんが少し、拭いてくれた……んだろうな……)

そのことをあまり考えないようにしようと思うのに、どうしても意識してしまう。温は赤らんだ顔を見られないよう顔を伏せて立ち上がった。

ゆうべ、あまりにあられもない姿を陸海の前で晒して、涙や汗だけではないもので自分の服や体や――陸海まで汚して、でも朝になって目が覚めた時、思ったよりひどいことにはなっていなかった。

多分、温が眠っている間に、あちこち処理しておいてくれたのだろう。

(叩き起こして、風呂に放り込んでくれてよかったのに)

こんなに気恥ずかしい思いをするくらいなら、むしろその方がよかった。

しかもこの家に来てから、湯に浸かることなどなくシャワーだけですませていたが、今日はちゃんと湯槽に湯を張ってくれたようだ。まったく使っていなかったらしい浴槽は空になったシャンプーの容器や手桶などが放り込まれていたはずが、温が浴室に入ると、それらがすっかり片づけられていた。

日頃は陸海もシャワーしか使っていなかったのに、今は温のために掃除をして、綺麗な温かい湯を張ってくれたのだ。

「……」

シャワーを頭から浴びながら、温は堪えきれずにしゃくり上げた。

「優しいなあ、本当に……」

許せない人間の世話をすることが、どれだけ陸海の心の負担になるのか。温には想像ができない。できないから、きっと図々しくこの家に居座り続けられるのだ。

「ごめんなさい……」

陸海に向けて、決して謝罪とか、感謝とかを、言わないようにしていた。

最初は、誰も自分を許すはずがないとわかっていたから。

今は、言えば陸海が自分を許そうとして、許せずに、苦しむだろうと思うから。

だから陸海に言えない言葉を、陸海のいないところで温は繰り返す。

「ごめんなさい、ごめんなさい……ありがとう」

その言葉を伝えられないことが、こんなにも辛いだなんて温は想像もしていなかった。

風呂から上がると、テーブルの上に二人分のバタートーストとコーヒーが用意してあった。

「朝飯はとりあえずこれで我慢しろ。食べたら、買い物に行くぞ」

温がトーストの載った皿を持ってソファの方に向かおうとしたら、陸海が、トントンと自分の座る席の前を指で叩いた。

ここに座れ、ということらしい。

戸惑いつつも、温は言われるまま陸海の向かいに腰を下ろした。四人掛けの大きなダイニングテーブル。

本当は、陸海の父親と、母親と、姉が座るべき椅子。

「買い物って……何をです?」

「布団。あと、替えの浴衣か」

そういえばさっき、布団を買い直すと言っていたが。

「今のでいいですよ。浴衣も、洗い替えがあるし……」

「クリーニングに出すなら、買った方が安いくらいだ、あの布団じゃ」

「……」

クリーニングに、と聞いて、温は反駁する口を閉じた。勝手に目許が赤くなる。

ゆうべ、浴衣だけではなく、布団も汚れてしまったのだろう。

ごめんなさい、という言葉を飲み込むことに、温はひどく苦労した。

「――この辺りに、ちゃんとした布団を売ってる店なんて、あるんですか?」

手許のトーストを見おろすふりで顔を伏せながら、小生意気な口調と態度を意識しながら答える。暗に「ろくな店もない田舎なのに」とでも言いたげに、ふてぶてしく。

陸海はまったく気を悪くしたふうもなく、温の精一杯の演技は綺麗に無視された。

「近くにはないな。電車で少し行けば、でかいデパートがある」

「……電車……」

「乗ったことはあるんだろ、家を出てここに来るまでの間に」

「いや……乗り方がわからないし、車でした」

古久喜家は山の奥深くにあり、車がなければ駅に辿り着くことも難しい。そもそもどこを目的地として家を出るかすら判断がつかなかったが、憑き物目当てで家を訪れた男が案内してくれることになった。

その憑き物を祓うために家を出るのだといえば協力してもらえないだろうと思ったので、『もっと人の大勢いるところで暮らしたい』とだけ告げたら、相手は『古久喜家の当主が新たな商売のために都会に進出するのだ』と解釈して、『でしたら私がお助けいたします』と揉み手になった。

その男は道中で我をなくし、温を陵辱しようとして、憑き物に喰われてしまったが。

「古久喜家の人たちが死んだのは僕の仕業だと思われていたらしいので、僕に直接取り入ろうとする人は後を絶たなかったんですよね」

「ああ。そうらしいな」

陸海も古久喜家のことを調べて知ったのだろう。温の説明にすぐ頷いた。

歴代の当主でも、憑き物を体の中に根づかせるような人間はいなかった。だから温は埒外の力を持っていて、憑き物と結託して不要な人間をすべて始末し、古久喜家の財産を独り占めしようとしている――そんなふうに、周りが判断したのだ。

それを知って温は驚いたが、自分たちが常に己ばかり利益を得ようとしているからそんな突拍子もない発想に至ったのだろうということは、すぐに納得できてしまった。

「本当は電車に乗ってみたかったんだけど、切符の買い方もいまいちわかりませんし。結局そういう人に頼って、ここまで来ました」

「最初はどこに行こうとしてたんだ？」

「都内でも高名な霊能者っていう人のところです。インターネットで調べたら出てきたので」

「……なるほど」

「でも門前祓いでした、何しろ僕は現金を持っていませんでしたから。それで、他にも検索で出てきた人を当たっては断られている間に、都内にいる古久喜家の支援者っていう人が接触してきたので、世話を任せて」

その男も結局、温の中の憑き物が殺してしまった。

「その人が生きていた間は、全部車で移動だったので、電車とかバスは乗ったことがないんだよなあ」

「デパートまで各停で二駅だ。昼間ならそれほど人出もないだろうから、食べたら支度しろ」

「……はい」

新しい布団など要らない、と言い張ってもよかったのに、温は「電車に乗れる」という期待でそれができなかった。今まで体験したことのないものは、すべてが温の憧れになっていた。

言われた通り、食事を終えると身支度をすませ、温は陸海と共に家を出た。

駅に着くと、切符の買い方は陸海が教えてくれたのだが、陸海自身が長らくスマートフォンのアプリでしか乗車していないために、券売機の使い方がいまいちわからないようで、少しまごついていた。

「切符なんて買うの、小学生の時以来なんだよ」

仏頂面で言う陸海が、温にはちょっと面白い。

陸海の先導でホームに移動し、やって来た電車に乗り込むと、通勤通学のピークタイムを過ぎたという電車はがらがらだった。

念願の電車だ。乗っているだけで楽しい気分になってきた。

それに乗車中、車内の吊り広告に寝台列車のプランをみかけて、温は羨ましい心地になる。

(乗ってみたいな、あれにも)

勿論口に出して言うことはできなかった。

望めば叶ってしまうかもしれない。何かの犠牲と引き替えに。

(そういう形で欲しいわけじゃないけど……どうやって、伝わるはずがない)

温の望みは聞き入れないくせに、望んでもいないものを押しつけてくるのが憑き物だ。

それにあまりはしゃげば、また嫉妬をぶつけられて、具合が悪くなるかもしれない。温はどうにか平静を保とうと努める。

「着いた。降りるぞ」

二駅はあっという間で、温はまた陸海に従って電車を降りた。

駅直結のビルに大型のショッピングセンターがあって、前に行ったディスカウントストアとは比べものにならないくらい、いろいろな店にいろいろなものが並んでいた。

陸海はさっさと寝具売り場に向かい、羽毛布団のセットを買った。温を連れてきた割に、温の意見は聞かない。聞かれても、どんな寝具がいいものだとか、どういうものが好みだとかなんてさっぱりわからなかったので、それでよかった。

でも多分、とてもいい品物なんだろうなということは、店員の態度でわかった。

「ちゃんと報酬に上乗せしておいてくださいね」

礼の代わりに、温はそう告げる。陸海は小さく肩を竦めただけだったので、温は少し不安になった。値の張る物なのかもしれないのに、陸海は自腹を切るつもりだろうか。しかし温には布団の相場もわからなければ、陸海の資産もわからない。

「何なら、買い物の手数料も入れておいてくれても構いませんので」

微笑んで、慇懃無礼な態度で告げても、陸海は不快そうな顔などひとつも見せずに「はいはい」といい加減な頷きを返すだけだ。

（今の金額を覚えておいて……請求されなくても、ちゃんとその分、いやその何倍か、陸海さんに支払おう）

そう思って、数字を心に留めておく。

本当は全財産だって渡しても構わなかったが、陸海の方が迷惑に思うだろう。

陸海は次に、呉服や和小物を扱う店に温を連れて行った。それもディスカウントストアで間に合わせに買ったものとは金額の桁が違う気がするのに、陸海は店員に声をかけ、温に合うものをと、どんどん話を続けている。

「お客さまが普段お召しになっていらっしゃるのは、ガーゼのものでしょうか、それとも単衣の……」

「どっちだ？」

「え、えぇと、単衣、かな」

「でしたらこれからの季節、こちらの綿絽のお品などがおすすめでございますね」

あれよあれよという間に帯も含めて三着も買われてしまった。

「……柄くらい、選ばせてくれればいいじゃないですか」

やはり礼ではなく、文句を陸海に言う。あまりに次々買い物をするので怖くなってきたのだ。

これで「こいつに買ってやることなんてなかった」と、陸海が悔やんでくれればいいのだが。

「今日は間に合わせだ。次に来る時は、もっとちゃんと、おまえが選んだらいい」

「……」

温に欲しいものを聞いたところで「必要ない」と答えることを、陸海は見透かしているようだ。

そしてもしかしたら、あまり買い物が長引けば、また温が『人酔い』して倒れることを懸念しているのかもしれない。

（……大事にしよう）

せめてもと、心に決める。せっかく陸海が選んでくれたものなら、大切にしよう。間に合わせだなんて思うはずもない。

その日は布団と浴衣だけを買って、昼はレストランでオムレツを食べてから、最後に食料品売り場で弁当を二人分買って、家に帰った。

夕飯は、また陸海と向き合って弁当を食べる。

やはり温は疲れ果てて、夕飯の後にソファでごろごろしているうちに眠ってしまったらしく、ふと気づくと陸海の腕で抱え上げられ、廊下を運ばれるところだった。

「……自分で、歩けますので……」

「はっきりした寝言だな」

下ろしてほしいという訴えは陸海に聞き流されて、そのまま客間に連れて行かれた。

布団は宅配で届くことになっているから、今日はまだいつもの煎餅布団（せんべいぶとん）だ。だがシーツが清潔なものに変えられ、見覚えのない毛布が乗せられている。

「朝洗濯したから平気だと思うけど、長い間使ってなかったからな。黴臭かったら言えよ」

少し色褪せた、ピンクの毛布。

とても陸海が選んで使っているものとは思えない。温はぎゅっと心臓が痛む感じがした。

「いいんですか。これ、お姉さんのじゃないんですか」

そうとしか思えない。それを自分なんかが使っていいのだろうかと、温は小声で訊ねた。

「おまえが嫌なら別のに変える。俺が使って、一年くらい洗ってない毛布になるけどな」

「……それは……」

ちっとも嫌ではない。陸海の姉の毛布でも、陸海の毛布でも。

「明日には今日買ったのが届く。我慢しろ」

そう言い置いて、陸海は客間を出て行く。

温はのろのろと布団に横たわり、ピンクの毛布の中に収まった。

昼間出かけた疲れが押し寄せてきて、そのまま目を閉じる。体の中で、憑き物がざわめく感じがする。また外に出て温の体を弄びたがっているわけではないらしい。力の弱い雑魚の気配はあまり感じなかった。

（小者の憑き物の数は、確実に減っている……気がする）

微睡みながらも、温はそう思う。

陸海のおかげだ。危険を冒して憑き物を吸い出し、嚙み殺してくれているおかげで、常に体の中に生じている違和感が薄れている気がする。

（……でも）

そのせいなのだろうか。いつもよりもほんの少し——『奥』の存在が、近くなったようにも感じられることに、少しひやりとしたものを覚えた。

いつもはうるさい小物たちの気配に覆われていた強い力を持つモノの存在が、手を伸ばせばすぐに届くような、皮膚の一枚下にいるような、そんな錯覚がする。

（錯覚……だよな）

憑き物は今、小者も『奥』も大人しくしていることには、間違いがない。

そのことだけにどうにか無理矢理安心して、温は眠りに落ちた。

翌日も、陸海は温を買い物に連れ出した。

今日は歩いて行ける距離にある、少し大きなスーパーマーケット。

陸海はまた弁当か出来合の惣菜を買うつもりだったようだが、温は思い立って野菜売り場に向かった。棚に置かれた葉物を指さす。

「これ、買いましょう。料理をしてみたいんです」

温が何を言っても陸海が何かを買い与えようとするのであれば、せめて陸海にも役立つものが欲しい。

それに実際、料理というものを試してみたい気持ちがあった。

「さっき入口のところにこれが置いてあったんです」

小さな紙に印刷された、野菜炒めのレシピだ。切って炒めて味付けをするだけのようだから、何の経験もない自分にもできそうな気がした。

「おまえ、フライパン持ったこともないだろう」

「だからしてみたいんですよ、何ごとも経験じゃないですか」

手順に書いてある『ざく切り』というものが何であるのか想像もつかなかったが、温はそう言い張る。

「やりたいなら、いいけどな。おまえが指さしてるのはレタスだ」

「あ、キャベツとは違うものなんですね?」

いろいろな野菜があるのだなと感心する温に、陸海が出会って以来初めて見せる、不安げな表情を作った。

「言っておくが俺だって料理なんか中学校時代の調理実習だけだぞ。しかも野菜を洗う係だった」

「へえ、中学校では、料理も習うんですね」

これも純粋に感心しただけなのに、陸海の表情が、少し苦いものになったような気がする。

(そんな顔をさせたいわけじゃなかったんだけどな)

温は陸海の表情には気づかないふりで、レシピに書かれた材料を探すために売り場をうろついた。

「ニンニク……っていうのはどれだ……?」

しかし何しろ、調理されていない食材を目にすることが初めてなので、形の見当すらつかない。

だがそれを探し当てることが、何だか宝探しでもやっているようで、ひどく楽しかった。

「鶏肉も豚肉も牛肉も、切ってあるとどれがどれだかわかりませんね、これ」

「それは俺も正直わからん」

陸海が同意してくれたのが心強いが、温を励ますために言ったのか、本気なのかも、正直よくわからない。

なぜなら陸海の料理の知識も、キャベツとレタスの区別が付く程度で、あとはまったく威張れるものではなかったからだ。

「オイスターソース……?　って、何でしょう?」

「調味料だろ、こっちに売り場が」

二人して調味料売り場の棚の前に移動し、二人して揃って首を捻る。

「ウスターソースっていうのもありますけど、何が違うんだろう」

「発音の違い……か……？　アメリカから輸入したから小麦粉をメリケン粉と言うような……？」

陸海の口調はあやふやだ。違いなど知らないらしい。

「じゃあどっちでもいいか。この『特売』っていうのは、安いってことですよね、こっちのオイスターソースを」

「いや、でも、このブルドッグのマークのやつが有名な気がする。売れてるやつの方がうまいんじゃないのか？」

話し合っていると、通りすがりの中年女性に声をかけられた。

「あなたたち、オイスターソースが欲しいんじゃないの？　ウスターソースは別のものよ。その特売のオイスターはあんまりおいしくないし量が少ないから、こっちにしなさい」

どうやら陸海と温の会話を聞き止めて、黙っていられなくなったらしい。女性はてきぱきと棚からオイスターソースと書かれたビンを手に取り、陸海に押しつけている。

「オイスターは牡蠣、ウスターは野菜！」

それだけ言うと、女性は去っていった。

温は陸海と顔を見合わせる。どちらからともなく噴き出してしまった。

「な、なるほど、勉強になりますね」

「親切な人だな」

「本当に……あの人には何の利益もないだろうに、優しくしてくれるんだ」

きっと、無知な男二人を見兼ねて声をかけてくれたのだろう。

「陸海さん、やっぱり僕は、人間が好きだなって思います」

つい思っていたことが口を衝(つ)いて出る。

「……そうか」

陸海はただ温を見て頷いただけだった。余計なことを言ってしまったなと思い、温は今度、食器売り場に向かう。

「食器はあるぞ、家に」

それを、陸海が止めた。

「でも……」

あるとすれば、それも陸海の家族のものなのではないのだろうか。

そう考えて言い淀(よど)む温の肩を摑(つか)んで、陸海が食器売り場の方から回れ右させる。

「客用の茶碗と箸(はし)がある。それより、米だ。もしかしたら米びつに残ってるかもしれないが、だとしても十年物の古米だからな」

十年前、陸海の家では、彼の姉が料理をしていたのだろうか。

「米って、十年も持つんですね」

「さあ、砂になってるか、虫にやられてるか、見てのお楽しみだな」

姉の残したものに触れられず、放っておいたものを、自分が触っていいのだろうか。

「米ってどう料理するんですか？　煮るもの？」

「炊くんだよ。……待て、炊飯器は生きてるのか……？」

様々な部分に触れてはいけない気がして、それらすべてに目を瞑るようにしながら、それでも温は陸海と一緒にいるこの時間が楽しかった。

交わしているのは他愛ない会話で、カゴに入れるものは日常で使う些細なものなのに。

でもすべて得がたいものだ。

多分これは、自分にとって一生の宝物になるのだろうなと、温にはわかった。

家に戻ってから料理をしてみたが、結果は散々なものだった。

調理は温一人でやると言ったのだが、陸海も参戦してきて、しかし人が増えたところで二人とも経験も知識もないのだ。レシピ通りに作ったはずの野菜炒めは水分過多で味も薄く、新品の炊飯器で炊いた米の方は水の分量が少なかったようで固すぎ、味噌汁の味にまったく深みがなく、温が古久喜家で飲んでいたものとは違いすぎた理由はさっぱりわからず。

「やっぱり弁当か出前でいいんじゃないか」

調理前は、味にこだわりなどないのでどんなものができてもいいと豪語していた陸海は、食べながらそう言い出す始末だ。

「明日も同じレシピで挑戦します」

温が決意を口にすると、陸海が「うわぁ」という顔をしつつも、反対はしなかった。

明日の話ができて、それを陸海が拒まないことが嬉しくて、温はこれまで口にしたことがないくらい不味い夕飯でも、ちっとも辛くなかった。

その日は夕方のうちに昨日手配した荷物が届き、温は陸海家で過ごすようになってから初めて、寝心地のいい布団で眠ることができた。

憑き物に邪魔されることなくぐっすりと眠りに就き、翌日は客間の掃除を試みては畳をろくに絞っていない濡れ雑巾で拭いて水浸しにしたり、拭いたはずの窓が余計に汚れた理由がわからなかったり、やはり散々だった。

「業者に頼んだ方がいい気がしてきた。あちこち傷んでるし」

なぜか掃除をする前よりも廃墟感の出てしまった客間を見て、陸海が感想を述べる。

「寝起きできればそれでいいと思ってたんだけどな、ずっと」

陸海の呟きは独り言のようにも聞こえたので、温は返事をせずにおいた。

夜にまた憑き物が表に現れたのは、その翌々日だった。

何ごともなくまた朝が来ればいいと願ったのに叶わず、ぞろりと体の中からいつもの黒い靄が湧き上がる感触に、温はこれまでにないほどの嫌悪感と恐怖を覚えた。

(もう、触られたくないのに)

また痴態を陸海に見られるのかと思うと、それだけで胸が苦しくなった。

「陸海さん……」

――だが陸海の名を呼び、部屋に現れた相手に横たえた体をそっと抱き上げられた時、苦しいだけではない感覚が温の胸に宿った。

布団の上に腰を下ろす陸海の胸に凭れるように体重を預ける。

温が涙の滲(にじ)んだ目で見上げると、陸海が微(かす)かに頷いて、それだけで少し恐怖が和らいだ。

陸海が、顔に貼り付く黒い靄を唇で吸い上げ、歯で噛み潰(つぶ)す様子を、温は間近でみつめ続ける。

相手の舌が自分の唇に触れた時、背筋が震えるような感触がして、溜息が漏れる。

その溜息まで吸い込むように、陸海が温の唇を自分の唇で塞(ふさ)いだ。

「……ん」

陸海が何のためにここにいて、何をしているのか、忘れそうになる。

温はただ陸海に触れたい気持ちでその唇を受け入れて、自分からも相手の舌に舌で触れた。

「ふ……、ぁ……」

陸海の感触だけ味わっていたい。

憑き物たちはいつものように好き勝手に温の体のあちこちへ触手を這(は)わせていたが、体が震えるのも、あえかな声が漏れるのも、それに翻弄(ほんろう)されているだけではなく、陸海に触れられてただ気持ちいいだけなのだと信じ込む。

陸海の触れ方が、いつもとは少し違う気がした。

唇や首筋に纏(まと)わりつく憑き物を吸い上げながら、ずっと温を宥(なだ)めるように髪や頬(ほお)を撫(な)でてくれている。

（……気持ちいい）

少しずつ、温の中の恐怖や嫌悪が、陶酔感へと掏(す)り替(か)わっていく。

首筋に絡む靄をすべて消し去ったあと、陸海の唇が温の胸の方へと降りてきた。

いつもなら温の肌には触れることのない陸海の唇が、今日は直接、触れた。

憑き物との契約の証である痣(あざ)に軽く歯を立てられると、不思議なくらい背筋が震えた。

「あ……」

次には憑き物に刺激されて尖りきった乳首を陸海の唇に含まれ、温は身を竦ませる。

きつく締め上げられて痛みを感じていた場所が、優しく舌で転がされ、痺れるような感触が拡がった。

「や……、……」

嫌だと、そう口にするのはいつものことなのに、今は意味が違ってしまう。

陸海に舐められて感じて、身震いする自分が恥ずかしくて、嫌だった。

(でも、気持ちいい)

ぼうっと陸海を見おろすと、陸海も目を上げて温をみつめ返し、それが当然だという仕種でまた唇を合わせてくる。

まるでキスのようだと温は思った。

人がどうやって交接するのかは知識だけで知っている。唇を合わせる理由がいくつかあることも。親愛や尊敬の表現。愛情を伝える行為。——性感を高めるための交わり。

陸海がどんな気持ちで自分に触れているかはわからない。どれでも嬉しかった。たとえいつも通り、ただ憑き物を祓うためのものであっても、それは温を救おうとしてくれていることだから。

陸海の唇はまた温の胸に戻った。乳首を舌と唇で優しく刺激されると、どこか焦れったくなる。そんな自分が温にはやはり恥ずかしい。

（もっと強く、吸ってほしい）

とても口に出せない欲求だ。

（もっと痛いくらい、噛んで……）

陸海の指が、唇で触れているのとは反対の乳首に触れ、その辺りにも纏わりつく憑き物の靄を指で摑む。

そのまま引き剝がそうと試みたのか、温から離れまいとした靄が肌に貼り付いたせいで、温は鋭い痛みに悲鳴を上げた。

「い……ッ、ぁ……」

びくびくと背を震わせる温に、陸海が囁くような声で詫びる。

「――悪い。やっぱり無理にはしない方がいいな」

「早く全部、おまえから取り払いたくて」

「……」

陸海は自分のために憑き物落としをしてくれているのに、望んだような痛みを与えられてひどい快楽を得たことを、知られたくない。

だが隠せる気もしなかった。憑き物のせいで浴衣ははだけていて、昂ぶって上を向く性器の存在が、下着越しにもはっきりと陸海に見えてしまっているだろう。

脚を擦り合わせてそれを隠そうとあがいても、まるで面白がるように憑き物たちが温の茎に絡みつき、蠢いている。

「……ゃ……いやぁ……」

舌足らずの子供のように声を漏らしながら、涙目で首を振る。

「陸海さん……取って……」

自分がどれだけ甘えた声を出しているのか、意識したくない。

陸海は両方の胸の周囲で温を嘖んでいた憑き物を噛み殺してから、温を布団の上に横たえさせた。

下着を取り払われると、支えがなくても上を向く温の性器が露わになる。

その先端で、憑き物が鈴口の中に潜り込もうと蠢いている。

陸海はそこにすら、何のためらいも見せず唇をつけた。

その様子を見ていられず顔を逸らした温は、温かく湿ったものに包まれる感触に、身を固くした。

憑き物に無理矢理中へ押し入られる痛みや不快感とはまったく違う、優しい、けれども容赦のない快感。

「あぁ……ッ」

自分でも驚くくらい高い声が漏れて、温は動揺しながら口許を両手で押さえる。

陸海は憑き物を吸い上げているだけかもしれないのに、あまりに直接的な刺激を感じて、温は声を止められない。

ひどく息が乱れた。口に含まれ、舌を絡められている部分だけではなく、腰の辺りが溶けそうになる。

「あっ、ん……、……ぁ……」

ぐちゅぐちゅと、濡れた音が響くのが、耐えがたい。

——耐えがたく羞恥心も刺激されて、より体が震えた。

（こう……いう、祓い方も……あるのかな……）

陸海はただ、より強く、確実に、憑き物を吸い出そうとしてくれているだけかもしれない。

だったらこんなふうに乱れるなんて、真剣に向き合ってくれている相手に申し訳ない。

駄目だと思うほどに、力尽くで悦楽に浸されていくなんて、恥ずかしい。

「駄目……もう……」

いきたくて、いきたくて、堪えられそうにない。

「……出る……っ、から……」

陸海に咥えられたまま、温は小さく内腿を痙攣させた。相手の頭を手で押し遣って離そうとしても、より強く吸い上げられて、むしろ絶頂を促される羽目になる。

「……ッ……」

温は身震いしながら、陸海の口中に精を吐き出した。

目が眩(くら)むような快楽に襲われて、何も考えられなくなる。息を乱して呼吸のために大きく胸を上下させながら瞼(まぶた)を閉じる。

その間にも、陸海はまだ温の肌に触れている。茎や内腿についた体液を舌で舐め取られているような気がした時、温はちっとも収まらない熱が腹の中で蟠(わだかま)り、うずうずと落ち着かず、叫びたいくらいの心地になった。

「……あ……、の……」

荒い呼吸のまま、温は陸海に呼びかけた。瞼を開けて目を凝らそうとするが、勝手に零(こぼ)れ落ちていた涙のせいで視界が滲んでいて、よく見えない。

「そういうの……した方が、効率がいい……とか、ですか……？」

温の体の周りには、もう憑き物の黒い靄は見えない。陸海がすべて始末したのだろう。

だからもう離れてもいいはずなのに、陸海はまだ温に触れ続けていて、質問に答える代わりのように、力をなくしてくったりしている性器に唇をつけた。

「……っ」

どっと、温は頭に血が上る感じがした。

腹の奥がまた疼(うず)く。

だがその疼きは、自分のものではない気がした。

（……何だ。おまえまでそわそわしてるのか）

自分とは違う意思を持つものが、一緒になって陸海の仕種に羞じらい、悦びを覚えていると、わかった。

その様子に一人微笑んでから、温は次の瞬間、ぞっとした。

(今までより……憑き物の存在が、近い)

少しずつそう感じていたものが、もっと明確にわかるようになった気がする。

この化け物は、確実に自分を侵蝕している。

(……いつか、僕がこの憑き物と同化する時が来る気がする)

古久喜家の女たちは憑き物に犯され、子胤を植え付けられ、産まされた。

だが自分はそれだけではすまないのではないかという怖れが、不意に温の中に芽生える。

憑き物の子を産んだ女は力尽き、憑き物に見向きもされない乾いた屍体になるが――。

きっと自分は、子を産んでも力尽きることがない。長年憑き物を身の内に宿し続けたせいなのか、それとも宿し続けられるほど元々特異な存在だったのかは、わからないが。

憑き物は産ませた子を喰うだけでなく、もっと別の方法で温を自分のものにして、力を得ようとしているのかもしれない。

(何でだろう……そう思っているのが、わかる……)

憑き物は自分と一緒になりたがっている。

焦がれるような気持ちでそれを願っている。

そしてそれが成れば、もう陸海にも、他の誰にも祓えない、最悪の存在が出来上がってしまう。

それがこのままなら三ヵ月後に訪れると思っていた。十八歳になり、成熟した体になった時、憑き物が自分を孕(はら)ませ、生まれ変わるための苗床にするのだろうと。

今までも古久喜家の女が憑き物に子胤を植え付けられる時は、十八の歳を迎えた後だと聞いていたから、そう思い込んでいたけれど。

(そんなものと関係なく、もっと早く、その時が来るのかもしれない)

だとしたらその前に、すべてを終わらせなければいけない。

8

「……ぁ……、んっ、……んん」

薄暗がりの中で、温の濡れた甘い声が小さく響く。

部屋の中を香の煙が薄く満たしていて、もう他の仕事でこの香りは使えないなと陸海はひそかに苦笑した。

いつも憑き物落としで必要な時に使っていたもの。調合を変えるのも面倒で長らく同じ香りを使っていたが、今となってはこの香りを嗅ぐだけで、憑き物を口に入れた時の苦みや不快感だけでなく、温の肌の感触や声や吐息まで蘇るようになってしまった。

香炉を支度している時には、すでに客間で行うことについて、意識がいってしまう始末だ。

(別の仕事の時も思い出して、集中できなくなりそうだ)

温と夜を過ごすようになってから、今日で何度目だろう。

この家に温が訪れてからは、半月以上が経とうとしている。

昼間はいちいち小生意気な、癪に障るような物言いをすることも多いのに、陸海はもうそれに腹も立たなくなっていた。

無理にそう振る舞おうとしていることがわかれば、いじらしさしか感じることができなくなってしまった。

それにあまりに世間知らずで、ときおり突拍子もない行動を取ることがあり、その突拍子のなさに自分で気づいていないことが可笑しくて——痛々しくて、愛しい。

今日は自分が洗濯するのだと張り切って、安い客用布団を洗濯機に突っ込み、蓋が閉まらないまままスイッチを入れて辺りを水浸しにしていた。

その布団は丸洗いできるものではないのだと教えてやると、わかったようなわかっていないような顔をしながらびしょ濡れの布団を洗濯槽から引っ張り出して、より一層惨事を起こしていた。

『先に説明してもらえたら、僕にもできると思うんですよね。陸海さんにだってできるんだから』

温はなぜか、陸海のことも自分と同レベルの家事能力の持ち主だと信じているらしい。まあ実際のところ大差はないだろうが。

世間知らずは陸海も同じだ。大学まで出たが、家族と親友と恋人を失ってからはまともな人づき合いをせず、せいぜい副業のライター仕事の時に出版社の人間と会うくらいで、それも必要最低限のやり取りですませている。

この家の手入れも放棄して、食べるものに頓着せず、冷蔵庫の中は缶コーヒーとお茶のペットボトルしか入っていなかった。

人との繋がりを避け、自分自身を労ることもせず生きてきた自分が、温に対して慈しむような気持ちを持ったことに、陸海自身驚いてはいる。

同情や憐憫がないわけではないが、それよりも、今も自分の下で快楽に翻弄されて声を上げている姿を見て、可愛いと思うし、いやらしいと感じる。

細い手足や、腰骨の浮く体に纏わりつく憑き物の靄が、左胸にくっきりと刻まれた花の形の痣が、不快で不快で仕方がなかった。

(早く、消え失せろ)

温を喘がせているのが自分ばかりではなく、そもそもこの行為の始まる切っ掛けが憑き物だと思えば、陸海の中で苦い嫉妬心のようなものが湧き上がる。

そして憑き物に与えられる感覚を、温は苦痛に思っている。

無理矢理与えられる快楽を嫌がり、反応する自分を恥じて泣く姿は、陸海にも耐えがたい。

だから温に触れているのは、悦楽を与えているのはこの自分だとわかるように、陸海はことさら温の意識を煽るようなやり方で相手に触れた。

「ん……や……」

耳の裏から首筋にかけてと、胸を弄られるのに、温は弱い。それから足の指の間。

だから陸海は音を立てて首に接吻け、忌々しい憑き物ごと舌で舐め取った。

尖って膨らむ胸の先端に巻き付く靄を祓うように、指先を使う。この憑き物は口で吸い上げる以外の方法で取り去ろうとすると、温に苦痛を与えるから、決して力尽くで引き抜いたりしないように。

(今すぐ全部毟り取ってやりたいくらいだ)

それでもかなりの数、温の中の憑き物は祓えたはずだ。

小者の気配はほとんどなくなっている。

——なのに数日置きに、憑き物は温の体を弄ぶ。

いや、昨晩も、同じ行為をしたのだ。ここしばらく、日を置かずに憑き物が温の中から滲み出ては、温を怯えさせ感じさせ、泣かせている。

「……あっ」

短く声を上げて、温が布団に横たえた背を跳ね上げた。

祓ったはずの首筋に、また黒い靄が絡みついている。

憑き物の方も温の弱い部分を知り尽くしているかのように、そこを嬲っている。

自分と憑き物が手を組みでもして、温をより責め立てているようで、陸海には腹立たしくて仕方がなかった。

だから早く一番の大物を、『奥』だとか呼ばれているその憑き物を、温の中から引き摺り出してやりたいのに。

どうしても、陸海はその存在に触れることができない。

そこにいるとわかっていても、引き摺り出す糸口もみつからない。

――まるでそれが温自身だとでも言うかのように、べったりと彼の芯に貼り付き、しがみついて、離れる気配を見せないのだ。

ふと、陸海は動きを止めて温の姿を見おろした。

浴衣も下着もすべて陸海の手で剝ぎ取り、薄闇にもぼんやりと浮かぶくらい白い肌が、漏らす吐息に合わせて身を捩っている。

温の中から滲み出る黒い靄が、温自身を啨んでいるように見える。

そして温の白い体はところどころ黒い靄と重なり――その輪郭が揺らいでいる。

（こいつはもう、人ではないのかもしれない）

考えまいとしていたことが、陸海の頭の奥にひっそりと浮かぶ。

そもそもこれほど強い憑き物を身の内に飼って正気を保っていられることが異常だと、最初から知っていた。

最初から、古久喜温という存在は、まっとうな人間ではなかったのかもしれない。

（……まっとうな人間じゃないのは、俺も同じだ）

他のどんな憑き物落としにもできないことが、陸海にはできる。こんなやり方で温に取り憑く憑き物を祓えるのも、きっと自分だけなのだろうと思う。

事実、他の誰にもできないからこそ、温は自分の許に辿り着いた。

（だったら、お似合いじゃないのか？）

温も自分も、そのために多くのものを失い、元より得られないまま生きてきた。

だったら自分と温がこうして一緒にいることは、きっと当然のことなのだ。

◇◇◇

それからさらに半月近くが経つ頃、一月ぶりに越阪部（おさかべ）に会った。

「何だか妙に元気そうだな、陸海」

カウンター席の隣で、越阪部が不思議そうな顔をしている。

越阪部から連絡を受けたのはちょうどライター仕事のために外出しているタイミングで、短時間ならばまあ割（さ）いてもいいかと思ったから、家に戻る前にこの居酒屋で落ち合った。

「気のせいだろ」

陸海は適当にあしらう。

「いや、目つきとか、随分柔らかくなってるぞ。さてはとうとう身を固める決意でもしたか？」

興味津々、という越阪部の言葉を陸海は無視した。

答えてもらえるとも思っていないのだろう、越阪部は「つれないなあ」とぼやくだけで、そ

れ以上訊ねてくることはなかった。

「まあ本題じゃないからいいけどさ。それよりも、古久喜家のご当主、様子はどうだ？」

「……」

陸海は酒の入ったグラスを手にしたまま相手を見遣った。

日頃なら絶対に受けない越阪部の誘いを受けたのは、もしかしたら古久喜家の憑き物に関する情報が聞けるかもしれないという期待があったからだ。

だが越阪部の方からそんなことを聞かれるのは、予想外だった。

「陸海のところにいるんだろう？」

「——そういう情報が回ってるのか？」

そう訊ねてから思い出した。そもそも温が、他の憑き物落としに陸海の名を聞いて会いに来たと言っていたのだ。噂が広まっていないと考える方がおかしい。

「まあ情報も回ってるけど。元々、ご当主におまえを紹介したの、俺だからさ」

また予想外の台詞だった。

「あんたが？　——前に会った時は、そんなこと一言も言ってなかっただろう」

むしろ、「ぼちぼち陸海にもお鉢が回ってくるんじゃないのか」とか、来ても依頼を受けないと答えた陸海に「だよなあ」と笑っていた記憶があるのだが。

それに、憑き物に会った全員が死んでいるとも。

「だって俺の手には負えなかったたって素直に白状するの、みっともないだろ?」

答える越阪部は、妙に照れ臭そうだ。

「その話しぶりからして、あんたも温……古久喜の当主から依頼を受けたのか」

陸海の問いに、越阪部が笑って頷く。

「それで、尻尾を巻いて逃げたんだよ。こんな怖いもの無理だ、陸海って男なら祓えるかもしれないからそっちに頼んでくれ、報酬もいらないから俺は降ります、ってな」

あの憑き物に手を出しておきながら逃げ果せた人間もいると、温から聞いてはいた。

それが越阪部のことだとは思わなかったが、納得はできる。越阪部は憑き物落としとしての腕がいいという以上に要領がよく、変な幸運というか、悪運を持っているようなところがあるからだ。

しかし、このへらへらした男が逃げ出したことを恥ずかしがって黙っていたというのなら、よほど怖ろしい思いをしたのかもしれないと、陸海も多少は気の毒に思う。

「祓われたって噂は聞かないから、陸海ですら、手こずってるんだろ?」

その流れで越阪部に聞かれ、陸海は正直に頷く。

「一朝一夕で祓えるようなものじゃないことは、相対したあんたならわかるだろう」

「わかる。思い出しただけでもチビりそうだ」

飲食店でそんなことを口にしながら、越阪部は大袈裟に震え上がるような仕種を作った。

「だから、さ」

それから少し声を潜め、陸海の方へ身を寄せるようにしながら囁く。

「友人として忠告するけど……祓うことが難しいのであれば、あの子は、憑き物ごとどこかに封印してしまうべきだ」

越阪部にしては珍しく、笑みのひとつも含まない、真剣な声音だった。

陸海は微かに眉を顰(ひそ)める。それを見返して越阪部が小さく頷いた。

「冗談で言ってるわけじゃない。手に負えない憑き物を、憑かれた人間ごと閉じ込めるなんて、いくらでもある話だろう？」

「……」

考えないようにしていた。

だが、そういう方法があることは、勿論陸海だって承知していた。

落とせない憑き物は、人間ごと自由を奪い、望んで動くことができないよう、封じるしかない。

誰も触れることもできない場所に閉じ込め、宿主が――死ぬまで、放置する。

宿主が死ねば憑き物の力も弱まり、そのまま永遠に封じ続けるか、あるいは弱ったところを狙(ねら)って祓ってしまえばいい。

だがそれは当然ながら、憑き物ばかりではなく、憑かれた人間をも殺すという選択だ。

「俺は『祓ってほしい』という依頼を受けたんだ。無理に決まってる」

何度憑き物落としを繰り返しても、温の中の『奥』には陸海の手が届かない。

元々細かった温の体が、ますます頼りなく痩せていくことに、陸海も気づいている。

(このままでは温の誕生日など待たず、温が子を孕める力が残っているうちに、憑き物が動くかもしれない)

古久喜家と憑き物の契約にどれほどの意味があるのか、陸海は実のところ疑っている。

温の胸にある印は、ただのマーキングではないかと感じるのだ。

これまで古久喜の女が十八歳になるまでを憑き物が律儀に待っていたのだとすれば、単に他にいくらでも餌があるから、急いで子を産ませて喰うほどの理由がなかったせいではないのだろうか。

古久喜の人間は、あの憑き物にとって、特別美味い餌なのだろうと思う。

そうでなければ、三百年も寄生しているわけがない。

そして温はその三百年の中でも、とりわけのご馳走に違いない。

(だからこその、あの執着だ)

陸海の舌にこびりついた苦い味は、最初に覚えた時から薄れはしても消えることがない。

憑き物が契約など無視してすぐに温を孕ませようとしないのは、温の体を貪る快楽を覚えたせいだろう。

喰ってしまえば温を犯せなくなる。

もっと愉しみたいからただ嬲り続けている。

（そのたびに温は消耗している）

もう、『奥』以外の憑き物の気配は消え失せているのに――あの憑き物だけが、どうしても、祓えない。

少しずつ、陸海は焦りを募らせていた。

それを越阪部に悟られないよう、同業者の間での評判通り、傲慢な笑みを浮かべてみせる。

「それに封印なんてしたら、報酬がもらえなくなる。古久喜の当主は、憑き物を落とせば俺にいくらでも財産をくれてやると言ったんだ」

銭ゲバ、金の亡者と自分が言われているのは知っているし、越阪部にもそう思われたところで、陸海は一向に構わない。

（死ねない温を憑き物と一緒に封じるなんて、できるものか）

普通の人間であれば、封じた時点で自我を失い、いずれ死に至る。

だが温がそうなると陸海には思えなかった。最悪の場合、古久喜温としての自我を保ったまま、永遠に近い時間を、憑き物と共に閉じ込められることになるかもしれない。

（……そもそもそんなことを、したくもない）

たとえ温の意思がなくなった状態だろうが、自分にその力があろうが、陸海は温を封じるつもりはない。

万が一にも温自身がそうしてほしいと懇願したところで、必ず拒むだろう。

「そうか……」

ぽつりと、越阪部が呟いた。

「陸海でも、無理か」

「何？」

越阪部の呟きは酒と共に口の中に飲みこまれ、陸海にはうまく聞き取ることができず、問い返す。

「いや、何でも」

越阪部は笑って、ただ首を振った。

ライター仕事の打ち合わせというのから帰ってきて以来、陸海は少し考え込んでいるふうに、温の目には見えた。
(何かあったのかな)
心配になって訊ねても、「何でもない」と、なぜかぽんぽん頭を叩かれるだけだ。

（違うな、帰ってきた後からじゃなくて……もう少し前から）

理由ならいくらでも思いついた。陸海の家に来て一月以上が経つのに、未だに『奥』は温の中に居座り続けている。

残った憑き物はもう、その一体だけのように感じるのに。

その一体がどうやっても温から離れず、今では毎晩のように体から湧き出してきては、陵辱を繰り返そうとする。

それをどう終わらせるのかを、陸海は考えているのだろう。

（それか……憑き物とは全然関係なしに、今日の夕飯の心配をしてる……か？）

昨日も温は見事に焼き魚を炭にした。食べられないほどの失敗は二度目だが、陸海は別に温を叱ったり文句を言うことはなく、もう料理はやめろということもなく、そっといつものカップラーメンを食卓に並べただけだったが。

「電子レンジで魚を焼く方法をみつけたから、今日はいけると思うんだよなあ」

ダイニングテーブルに電子レンジのレシピ集を広げて、温は一人呟く。

陸海はまたライター仕事があるといって出かけている。その仕事が載る雑誌のできあがりを、温は心待ちにしていた。この家にある分の掲載誌は全部読み尽くしてしまった。陸海の書くものは面白いのだ。夏を前にして急な仕事が増えたと聞いて、温は内心喜んだ。

「……読めるといいなあ」

また呟いて、温はダイニングテーブルの上に体を伏せる。

「……」

そして細く溜息を漏らした。

最近、ずっと不安が消せない。

（僕は今日にでも、憑き物に同化してしまうかもしれない）

夜、自分に触れる相手が陸海なのか、憑き物なのか、わからなくなる時があった。

意識が朦朧（もうろう）として、ただ快楽を追うことしかできなくなってきている。

（違うか……陸海さんが触ってくれてるのは、わかる……）

その感覚に悦んでいるのが自分なのか、憑き物であるかがわからなくなっているという方が、正しいのかもしれない。

すべてが混沌（こんとん）としていて、ぐちゃぐちゃで、温の気持ちも混乱する。

「何なんだよ……まさかおまえも、陸海さんのこと、好きになっちゃったのか？」

自分に向けられていたはずの悋気（りんき）はいつしか薄れ、今の憑き物はそれよりも、陸海に対して執着を持ち始めている気がして仕方がない。

まるで温の気持ちと呼応するかのように、それは少しずつ、確実に育ってきている。

古久喜家を出てから初めて手に入れた、誰かをただ好きだという以上に、愛おしいと思う心。

触れてほしいと、触れたいと願う欲。

自分の中に根づいた憑き物は、そんな自分の心に影響されているのだろうか。

だが憑き物が陸海に想いを寄せるなど、怖くて、温にはなかなか向き合うことができなかった。

(だって、陸海さんは、憑き物のことが嫌いなんだ)

大切なものをたくさん奪われたのだから、憎んで当然だ。

なのにそんな憑き物と自分が一緒になって、陸海を好きだなんて……恋をしているだなんて知られれば、どうなるのか。

(恋)

本でしか目にしたことのない文字だ。

慕う、慕わしい、愛しい。

辞書を引けば異性に対して特別な思慕を感じることとあったが、最近は、異性に限らず抱くことの許されている感情らしい。

(許すって、誰が?)

世間とか、法律とか?

(誰が許しても、陸海さんが許さない)

化け物に想われることを、陸海はどれだけ不快に感じるだろう。

(僕もおまえも、ただそこにいるだけで陸海さんを傷つけるのに)

まだ夜が訪れたわけでもないのに、温は急激な眠気と共に、意識が朧になってきた。

最近こんなことがたまにある。

このまま深い眠りに就いたらどうなるのだろうかと怖くなる。

だから遠くでドアチャイムの音が響いたのを聞いた温は、あまりに強い睡魔を無理矢理に振り払うと、苦労して顔を上げた。

（宅配？）

陸海はよく買い物のために宅配便を利用する。これまでも陸海が留守の間に温が荷物を受け取ったことがあった。

眠たい目を擦りつつ、できるだけ急いで玄関に向かう。

「はい」

温がドアを開いた時、玄関先に立っていたのは、見覚えのある宅配業者の制服ではなかった。

「どうも、こんにちは」

だがどことなく軽薄そうな笑顔には、覚えがある。

「ああ……あなたですか」

たしか、越阪部と言っただろうか。

自分自身で一度温の依頼を受けておきながら「これは俺の手には余るなあ」と笑いながら逃げ出した憑き物落とし。

逃げる時に、「この人ならきっと祓ってくれるから」と、陸海の名を残していった。

（生きて僕の――『奥』の前から無傷で逃げ果せたのは、この人だけだった）

目の前で憑き物に喰われることもなく立ち去ってくれた相手なので、温もよく覚えている。他にそんな者はいなかったからだ。

「陸海と約束があったんだけど、もしかして、留守かな」

「陸海さんなら、今は出かけてます」

来客予定があることは聞いていなかった。

陸海の名を口にする越阪部の口調は気安いものだった。親しい間柄なのだろうか。

「すぐに戻ってくる？　なら、少し中で待たせてもらうよ」

越阪部は遠慮もなく三和土(たたき)に入ってきて、靴を脱いでいる。

陸海の客に対してどう接していいのかわからず、温は内心戸惑った。古久喜の家にいた頃は、来客は誰かが取り次ぎ、部屋まで連れてこられるものだった。温はただ奥座敷で待っていればいいだけだ。

「あ、お構いなく。適当に待たせてもらいますよ」

もしかしたら越阪部はこれまでにもこの家に脚を踏み入れたことがあるのだろうか。そう温が感じるくらい、遠慮のない様子で廊下を進んでいる。いいとも駄目だとも言わないうちに、さっさとＬＤＫに入ってしまった。

（お茶とか……を、出すものなのか？）

古久喜家の奥座敷に客の飲み物が運ばれてきたことはないが、本などで知る限り、来客というものには飲み物や茶菓子のひとつも出すものな気がする。

陸海から、冷蔵庫の飲み物は好きに飲んでいいと言われたことを思い出し、せめてそれをと考えて温も越阪部に続いて部屋に入った。

越阪部はすでにソファに腰を下ろしている。

「お茶と、コーヒーと、どっちがいいですか」

キッチンから訊ねると、越阪部がひどく驚いた様子で目を瞠り、温を見返した。

「へえ、お茶を出してくれるんだ」

感心したような口振りの意味がわからず、温は少し眉を顰める。

越阪部が、慌てたように首を振った。

「ほらさ、陸海の奴、守銭奴だろ」

そういえば、陸海について『憑き物落としとしては一流だが、金の亡者』であると教えてくれたのは、この越阪部だ。

それから――『あいつの力は強すぎて、あいつ自身が化け物みたいなものだ』ということも。

『だから化け物同士なら、対抗できるんじゃないかな』

越阪部の言葉を頼りに人伝に陸海のことを調べ、居場所を突き止めて、今の温がここにいる。

（そうしたら、この人は僕にとっては恩人なのか？）

——陸海にとっては、厄介なものを押しつけた疫病神かもしれないが。

「噂ほどではなかったですよ」

金の亡者どころか、陸海が温に必要だと思うものは何でも買ってくれた。布団も寝間着も、その他の衣類も、食料も、毎日、惜しみなく。

「そうか。まあ憑き物のご機嫌を損ねたら、自分の身が危ないもんな」

笑顔でそう言う越阪部に、ちりっと、温の胸の中が微かに焦げ付く音がした気がする。

（そういうことではない……気がする、けど）

傍からはそう見えるだろうというのは、わかる。現に古久喜家にいた頃、奥座敷には毎日憑き物のための贄（にえ）が並べられ立てていたのだ。酒や血の滴る肉、取れたての魚、穀物など。

それらすべて、温が気づかないうちに平らげられていた。おそらく真夜中に喰らっていたのだろう。朝起きた時、少しは満足そうな憑き物の気配が、体の中から漂っていた。

陸海が温に与えてくれるものは間違いなく温のためだけのものだ。

そう確信を持っているが、越阪部には説明せずにおいた。何となく、うまく伝わる気がしなかったのだ。

越阪部は結局どちらがいいとも言わなかったので、温は勝手にお茶に決めて、そのペットボトルをソファ前のテーブルに置く。

「なるほど、割合、弱ってるんだなあ」

　ペットボトルには手を出さず、越阪部が温を見上げて言った。

「え？」

「陸海まで手こずってるみたいだったから、もう少し手強い感じだと思ってたんだけど……前に会った時みたいな圧力が、なくなってる」

　越阪部に依頼した時と今では、温の中にいる憑き物の数が随分違うだろう。

　勿論陸海のおかげだ。

「今日来て、たしかめてみてよかったよ。実はこの間陸海と会った時、憑き物を祓えないならいっそ君ごと封じたらどうか……なんて、余計なことを言っちゃって。あ、悪いね、本人の前で」

　越阪部は思ったことをそのまま口に出すタイプなのだろうか。失言を詫びられたが、温は特に気を悪くすることもなかった。

（僕だって考えたことだ）

　憑き物は体の中に居座ったまま、温もどんな手を尽くしても死ねないのなら、いっそ何かしらの方法で封印することはできないのだろうかと。

　そうやって封じられた憑き物と人間がいることは、古久喜家を出てから様々な霊能者だのを訊ねる間に、聞き及んでいる。

ただ、実際に強い憑き物を身に宿した温の感じたところでは、それは難しいとわかっていた。憑かれた人間の中から憑き物を追い出すことがまず難しく、憑き物を消滅させることがさらに厄介で、憑き物を消さず祓わず人間ごと凍結させることが最後の手段のように言われているようだが、そのためにはまず憑き物を弱体化させなければならない。

温の中にいる憑き物は力が強すぎて、手を出そうとすればそれだけで殺される。

殺されずにすんでいるのは現状陸海だけで、それは彼が、他に比類を見ないほど破格の力を持っているからだ。

「まあ、どのみちね。それができれば苦労しないってやつだと、俺も身を以て知っているわけだけど……」

越阪部自身、祓う封じる以前に、まずは様子見と温の中にいる憑き物の力を見極めようとした時点で、怒りを買って喰われかけている。温に触れた瞬間に悲鳴を上げて、あとはただ自分の身を守る術だけを一心不乱に使ったおかげで、逃げる時間稼ぎができたようだった。

「でも今は、陸海が相当頑張ってくれたみたいだから」

ソファから、越阪部が立ち上がる。

「あの触れただけでこっちの頭がおかしくなりそうな恐怖が、こんなに薄れて——」

温を見おろし、越阪部が、へらりと年に似合わぬ軽薄な笑みを浮かべる。

「今なら……俺でも、殺せる」

「え」

体の奥に衝撃が来た。

何が起こったのかわからず、立ち尽くしたまま、温はがくりと大きく項垂れた。

（……何？）

体から力が抜けているのに、どうして自分は立っているんだろう。

そう不思議がりながら足元をみつめると、ぽたぽたと、赤い液体が床に落ちている。

もっと目を凝らせば、鳩尾の辺りに、何か――棒のような、刃物のような、長いものが、突き刺さっていた。

「君の中のその薄っ気味悪い化け物に手出しできなかったのはさ、君自身のガードが相当強かったからなんだよ」

項垂れたまま、温は顔を上げることもできない。

嘲笑のような越阪部の声が、歪みながら耳に届いた。

「さすが長年化け物を飼えるような家のご当主様は、体や精神の造りが異次元だ。俺にしてみれば、君自身が好んで化け物を咥え込んでるようにしか感じられなかったよ」

「……、……」

声が出ない。何か言いたい気がしたのに、何を言いたいのか自分でもよくわからなかった。

「そのガードが今はユルユルで、おまけに中にいる化け物も弱り切って……ああ、力が弱くなったわけじゃないのか。君もだけどさ。気持ちがね、やけに、凪いじゃってるんだよね。まるで人間みたいだ」

　越阪部は、まるで温まで化け物であるかのような口調で、話し続ける。

「それにしても、ほんっと、あの陸海って野郎こそ薄気味悪いよなあ。どうやっておまえたちみたいな化け物を手懐けたんだか。まあ化け物同士でよろしくやってたところに土足で割り込んで申し訳ないけど？　一生遊べる報酬が目の前にぶら下がってるのに、見過ごす間抜けはいないでしょ」

「――――ッ！」

　激痛が、温の腹から脳天までを貫いた。痛みが強すぎて悲鳴も上げられない。腹から飲みこんだ何かが、背中まで突き抜けているのが感触でわかる。

「古久喜家のせいで死んだ人たちがね。健気にお金を出し合って、君と憑き物を始末するように頼んできたんだ。言っておくけど金に目が眩んだのは理由の半分で、俺だって……おまえらみたいな化け物が大嫌いで、ただ死んでほしいんだよ！」

　体を貫くものが、さらにねじ込まれる感触。

　痛みと共に、猛烈な怒りに体と心が支配される。

　でもこれは、温のものではない。

　温の中の、憑き物の怒りだ。

（今逃げ出せば、おまえは、助かるのに）

どう考えてもこれは致命傷だ。怪我をするってこんなに痛かったんだな、と思う。今まで擦り傷ひとつ作ったことのない体に、何だかよくわからないものが――おそらく、越阪部の憑き物祓いの呪具が――突き刺さっているだなんて。

自分と憑き物がどれだけ深く繋がっているのか、温は今になってこれでもかというほど実感した。

温が死ねば憑き物も消えてしまう。

それができないから温が苦労してきたというのに、越阪部はいとも容易く成し遂げてしまった。

長く自分と一緒にいた憑き物は、いつからこんなに変質していたのだろう。

憑き物は怒り、苦しみ、そして悲しんでいる。

このままでは温の命が失われてしまうことを、嘆いている。

憑き物から溺愛されていると、陸海に言ったのは温だ。でもその時はつまらない冗談のつもりだった。憑き物が愛情なんて抱くわけがない、馬鹿馬鹿しすぎる戯言だ。なぜなら、人の怒りと怨嗟から生まれるモノが憑き物なのだから。

あるのはただ執着で、その妄執が強すぎるから、憑き物は温を過剰なほどに護り続けていただけなのだ。

けれども今は、形容しがたいほどの怒りの中に、たしかに温に向けた慕情がある。

(僕にだけじゃない……やっぱり陸海さん、にも)

このまま死ねば陸海と二度と会えなくなると、憑き物が泣いている。

(いや、これは、僕の……かな)

憑き物と混じり合って、温にはもうそれがどちらの想いなのかも判別がつかない。

(でも、それで……おまえは陸海さんを殺そうとはしなかったんだな)

大した力を持たない憑き物たちを温の中から取り祓われた時点で、最後に残った『奥』は、自分までを引き摺り出そうとする陸海を害そうとしても、不思議はなかったのに。

憑き物の中に生まれた温に対する愛情も、陸海に対して持ち始めた執着も、今は越阪部への怒りで掻き消されそうになっている。

「早く死ね、死ねよ、おまえら一体、何人殺したと思ってるんだ」

越阪部は温の息の根を止めるまで、呪具で体を貫き続けるつもりらしく、まだ間近にいる。

(これ以上殺したくない……)

温だって、自分のせいで人が死ぬのは、もう嫌だった。

それがたとえ騙し討ちのようなやり方で自分を殺そうとして、果てしない苦痛を与えてくる相手だとしても。

越阪部の怒りを理不尽だとは思えない。彼も陸海のように憑き物に大事な人を奪われた経験があるのだったら、こうされるのは自業自得でしかないと温は思う。

越阪部の呪具は温ごと憑き物を貫き、憑き物はうまく力を出せずにいるらしい。

それでもどうにか相手を殺そうと荒れ狂う憑き物の怒りが充満して、温の意識が黒く濁っていく。

(いいんだ)

思考が残っているうちにと、温は必死に憑き物に呼びかけた。

陸海の家で、陸海が嫌う化け物が人を殺すなんてことが、あってはいけない。

(いいんだよ、もう。僕はずっと、最初から――死にたかったんだから)

殺してくれる人を探していた。

これまで古久喜の人間が殺し、傷つけた人たちを踏みつけにして、自分が生き存(い ながら)えていいだなんて思ったことは、自分に優しくしてくれる志菜(ゆきな)のような人たちと出会ってから一度もない。

誰かの犠牲の上で生かされることなんて嫌だった。どうして憑き物は最後に残った自分も殺してくれないのかと恨みもした。

でもこれで、やっと、死ねる。

そう思うと、激痛に喘ぎながらも温は嬉しかった。

(できるなら、陸海さんに殺してほしかったけど)

こんな、一、二度会っただけのよく知らない人じゃなくて。

残念に思ってしまってから、温はふと笑う。

そんな幸福な願いを持つ資格なんて、自分にはないだろうに。

（せめて最後に一目だけでも姿見たいっていうのも……贅沢だよな……）

（贅沢な望みだ）

少しずつ頭の中が霧に紛れるように、うまく思考ができなくなる。

薄れゆく意識の中で、このまま死ぬのだと言葉ではなく感覚で温が納得した時――急激に、体の中で憑き物の存在が膨れ上がった。

「……あ……？」

呆気に取られたような声を漏らしたのは、温だったのか、越阪部だったのか。

すさまじい音と共に、越阪部の体が部屋の壁に叩きつけられ、足を浮かせる形のまま降りてこない。

たった今まで温の腹を貫いていたはずの呪具が、越阪部の腹を突き抜けて壁に刺さっている。

「……嘘だろ、おい……」

唖然と呟く越阪部の声は掠れていた。

温は支えを失って、床の血溜まりに膝をつく。

体の中から、猛烈な勢いで憑き物が飛び出した。

まだ温と繋がったまま、越阪部の腹に刺さる呪具に飛びつき、それを相手の体にねじ込んでいく。

「うわあああああああ――ッ」

越阪部の絶叫を聞いた憑き物は、歓喜しているように見えた。その恐怖や痛みを、そして血肉を喰らおうと、越阪部の体に絡みつく。

細く黒い靄で憑き物と繋がった温にも、越阪部の体から噴き出す血の生温かさが伝わってきた。

「やめろ、やめてくれ、もう殺さないで！」

温が絞り出した悲鳴のような叫びを聞くと、憑き物はどこか戸惑ったように動きを止めた。

温はそのまま床に倒れ込む。目の前が赤い。視界一杯が赤かった。血溜まりに顔でも突っ込んだのか、それとももうまともに目が利いていないのか。

しばらくおろおろと温の周りで渦巻いていた憑き物が、やがて、その体に空いた穴を塞ごうとでもするように、背中の辺りに集まり出した。

温は少し笑って、力を振り絞って体を反転させ、今度は腹の周りに集まり出す黒い靄を撫でた。

「いいよ、もう。おまえだってさ……陸海さんのこと好きになったか……好きになった僕の気持ちを感じられるようになったんなら、わかるだろ。どうすれば一番いいのか、とか」

憑き物は嫌がるように唸り声を上げている。

温はそれを宥めるために靄を撫で続ける。

「陸海さんは、憑き物が、嫌いだから……その力で僕を助けないで……お願いだ」

これまで憑き物が温の願いを聞き入れてくれたことは一度もない。

けれどこればかりは、叶えてほしかった。

「陸海さんに嫌われるくらいなら、死にたい」

その願いがきちんと言葉になったのか、温にはもうわからない。

体のどこにも力が入らず、急激な眠りに落ちるように、再びすべての思考を失おうとした時。

「……おい……何だ、これは」

どうしても最後に会いたいと、その声を聞きたいと願っていたものが、温のそばに現れた。

陸海が家に戻ってきたらしい。

でも、残念だ。もう瞼が開かない。声も遠い。間近に来てくれた気がするのに。

「何なんだよ――温……温！」

それに、こんなに悲痛な声を聞きたいわけではなかった。

「越阪部……何で……、……どうしてまた、俺の、目の前で」

ばしゃりと耳許で水の跳ねる音がする。陸海が血溜まりの中に拳を叩きつけたのだろうか。

「すみません、掃除……うまくできないまま……」

もう呼吸音にしか聞こえない声を、温はどうにか絞り出す。

失敗ばかりで、はりきって掃除をしてみても、かえって汚すばかりだった。

陸海にとっては大切な、家族との思い出の家なのに。

「こんなに、汚して……でも、もう、終わるから……」

自分と憑き物がいなくなれば、陸海に迷惑をかけることもなくなる。

そう思って、温はまだ自分の傷を塞ごうと体に潜りたがっている憑き物を、指で摑んで剝がそうとした。

「終わるって何だ」

「……このまま、これと一緒に、死ぬ——」

「ふざけるなよ」

温の言葉を遮り、叩きつけるように陸海が言う。

「ふざけるな。どうしてまた、俺から奪おうとするんだ、おまえたちは」

だから、これ以上何も奪わないようにするために。

そう答えようとしたのに、混乱して、温は何も言えなくなる。

今奪われようとしているのが何なのか。誰なのか。

(……僕?)

それを、陸海は悲しんでくれているのか。

「絶対に許さないからな。勝手に死ぬなよ。何でもいい、おまえにその力があるなら温を助けろ、化け物！　人の大事なものをこれ以上奪うな！」

陸海は温にだけではなく、憑き物に対しても怒りを向けている。

温に宥められておとなしくなりかけていた憑き物が、次第に激しく蠢き出す感じがした。

（そういえば、初めて『おまえ』じゃなくて、『温』って、名前を呼んでくれた気がする……）

ほとんど残っていない意識の片隅で、そんなことに気づく。

自分のことを名前で呼んでくれる人なんて、もう長らくいなかったから、温にはそれがとてつもなく嬉しかった。

9

ぼんやりと目が覚めた時に真っ先に目に入ったのは、見覚えのない天井だった。

どこだろう、と思いながら、変に体が軋むので寝返りを打とうとしたのに、うまく体が動かない。

「——起きたか」

陸海の声。

それでもっと頭がはっきりして、温はほとんど閉じていた瞼を、ぱちっと開いた。

陸海さん、と名前を呼ぼうとしたのに、喉がからからに乾いていて、ただ息を吸い込むことしかできない。

眩暈と吐き気に襲われて、それをやり過ごすため、せっかく開いた瞼を結局閉じてしまう。

早く、陸海の顔が見たいのに。

「焦るな。急に起き上がるなよ。……まあ、まだ動けないだろうが」

陸海の言う通り、気持ちは起き上がりたいのに、ちっとも動けないままだった。

「五日寝てた。今日で六日目だ。このまま目が覚めないことも覚悟してた」

陸海の声は淡々としている。温は無理矢理また瞼を開いて、声のする方にどうにか視線だけ向けた。

　すぐそばに、陸海が座っている。

　温が寝かされているのは、布団ではなくベッドだ。陸海は椅子に腰掛けているようだった。

「……ここ……」

「ホテルだ。家にはまだ帰れないから」

「……」

　少しずつ、温は記憶を辿っていく。

（――死ななかったのか）

　口に出して言えば陸海が怒るだろうということが予想できる程度には、現状が把握できた。

　越阪部（おさかべ）に襲われて、死にかけて、でも、生きている。

　倦怠感（けんたいかん）と吐き気と眩暈が凄（すさ）まじいが、腹にも、どこにも、痛みなどは感じない。

「陸海さんの、家……」

「後処理ついでにリフォーム工事中」

「……越阪部さん、は」

　ふん、と陸海が鼻を鳴らしたような音が聞こえた。

「あいつも生きてる、辛うじて。自分の呪具が刺さりっぱなしで血が流れなかったから助かった。今後まともに動けるようになるかは知らないけどな」

「……よかった」

どんな形でも、生きている方がいいに決まっている。

温はそれで安堵（あんど）したのに、今度は陸海が溜息を漏らす音がした。

「おまえの憑き物に越阪部が殺されてたとしても、俺は自業自得だって笑ったからな。あいつはおまえの依頼を一度受けて放り出しておきながら、他の奴らからの依頼を受けておまえを殺そうとしたんだ。ギャンブルと女で馬鹿みたいな借金を背負ってたから、何としても金が欲しかったんだろ。よくそれで、人を金の亡者だなんて吹聴して回れるもんだよ」

温の依頼をこなせず金が得られなかったから、別の人からの依頼を受けたということらしい。

だが単純に金のためだけではないのかもしれないと温は思う。

越阪部自身が言っていた。『俺だっておまえらみたいな化け物が大嫌いで、死んでほしいんだよ』と。

（僕はどうして助かったんだろう）

少しずつ動くようになった手で、のろのろと、腹の辺りに触れてみる。

穴は空いていない。肌を直接撫でてみても、波打つような凹凸（おうとつ）を感じはするが、あれから五日後に残されるような酷（ひど）い傷痕が残っている感じがしない。

傷だけではない。

憑き物の苦い、濁ったような気配が、いつもある場所に感じられない。

（でも……）

まったく感じられないわけではなかった。

むしろ体中のあちこちが、うっすらと、それで満たされている感触がある。

「……そうか」

居場所がわからないのは、もう完全に混ざり合ってしまったからだ。

「本物の化け物になったのか、僕は」

だから生き延びた。

普通の人間なら死ぬ傷なのに死ななかったのは、温がもう、人ではないからだ。

細く溜息をつき、温はゆっくり目を閉じる。

「今は何も考えるな」

陸海の熱い手が温の額を撫でる。

この人の掌（てのひら）はこんなに熱かっただろうか。熱いと感じるのは——まともな生き物ではなくなった自分に、熱が通っていないからだろうか。

様々なことが頭の中を巡ったが、温は陸海の言う通り、何も考えないことにする。

疲弊しすぎて、考えることが億劫（おっくう）になっていた。

ただ、陸海に会えたことだけが嬉しいと思う。思ってしまう。

（陸海さんの嫌いな化け物になってまで生き延びて、それでも嬉しいなんて）

続きそうになる思考を、温は力尽くで遮断した。

それからもう二日ほど寝込んだあと、温は自力で起き上がれるようになった。

あまり空腹は感じなかったが、陸海が昼食のためにルームサービスで頼んでくれたフルーツだのサンドイッチだのは、難なく胃に収まった。

普通なら体が受け付けずに吐き出したりするところな気がする。

（一週間以上、何も食べてなかったのに）

「うまいか？」

陸海に問われて、温は枕とクッションを敷き詰めたベッドヘッドに凭れながら、頷いた。

ホテルの部屋はかなり大きなベッドが一台だけあって、陸海は当然のように温と同じベッドで寝た。

陸海の腕にすっぽりと収まりながら、温は自分が眠り続けていた間も、陸海がこうしてくれていたのだと、感触で思い出す。

「パンはちょっと、パサパサしてるけど」

フルーツはまあまあ新鮮だったが、サンドイッチ用のパンがひどく乾燥している。

(でも、味が、わかる)

そのことにほっとしていいものか、温にはわからない。

憑き物も人と同じ食事を摂る。だから古久喜家でも肉や魚などを捧げていた。

だがそれは栄養を採るためではなく、嗜好品のようなものなのだと、今の温にはわかっている。必要だから食べていたのではなく、人にしてみれば主食以外に楽しみで摂るケーキやスナック菓子のようなものだ。

(人と同じ食べ物だけで、我慢できるのかな……)

もし、憑き物と同じように、人の負の感情や血肉を餌にするようになったのだったらと、考えるだけで吐き気が込み上げる。

自分の体が——存在自体がどう変質したのか、温自身にもまだよくわからない。

ひとつだけはっきりとわかるのは、自分が強く願うことで、それが叶う力を持ったということだ。

(誰か強く死ねと念じれば、叶ってしまう)

温の望みなどとうとう一度も叶えてくれなかった憑き物は、今は温自身になっている。

(……今何かを考えている僕は、僕なんだろうか)

自分である確信は不思議と持っているが、その確信自体が間違っていないという保証がない。

「……陸海さん」

ベッドのそば、窓際に置かれたソファに座って食事をしている陸海に、温はそっと呼びかけた。

「もし僕が誰かを殺したいと思ってしまったら……」

「あり得ないだろ」

まるで温がいつかその質問をするとわかっていたかのように、陸海が即座に答えた。

「そんなふうに考える奴が、自分は死んでもいいから誰も殺したくないだなんて言って、人を置いて死のうとするわけがない」

陸海の口調はどことなく恨みがましく聞こえて、温は戸惑ってしまう。

強い語調で突き放したり、優しく慰めたりと、温が無意識に予想していた反応とまったく違うものだった。

「何度でも言うが、俺は越阪部が助かったのは残念だし、あいつ以外にも憑き物を利用しようとした人間がしっぺ返しで死んだとしても、同情なんてしない。むしろせいせいするだけだ。誰しも平等に生きるべきだなんて思ったこともない。悪い奴や卑怯な奴、欲をかいた奴は、殺しはしないが死んでもいい存在だ。俺にとってはな」

「でもそういう人に利用されて殺すのが僕だとしたら」

「あり得ないって言ってるだろ」

陸海は迷いなく温を見て、断言した。

「どうして言い切れるんです」

「おまえがおまえだからだよ。古久喜温って奴は、誰かに死んでほしいと願うような人間じゃないって、俺が知ってるからだ」

「僕が僕である証明なんて、誰ができるんですか」

苛立って、温は声を荒らげた。

陸海に腹を立てたわけではない。それが証明できない自分がもどかしかったのだ。

「証明する手立てはないな。目に見えてそうだと言えるものはない。でも俺にはわかる。おまえは俺が知ってる、世間知らずで掃除と料理の腕が壊滅的で、洗剤を入れすぎて洗濯機を壊して、何ひとつまともにできないのにちっとも懲りずにまた何かを壊したり汚したりする――」

「……っ、し、仕方ないじゃないですか、何も知らないんだから……壊したくて壊してるんじゃないし、普通の人みたいに、全然上手くできなくて」

あまりに次々と自分の失敗を並べ立てられ、温は恥ずかしさと情けなさで泣きたくなった。

「そうだよ。十七年以上もクソみたいな奴らのせいで家に閉じ込められて、外のことは何も知らずに、ろくな情操教育すら受けていないのに、でも人を殺してはいけないってわかってるのが古久喜温、おまえだ」

「――」

俯きかけた顔を上げて、温は陸海を見遣った。

陸海もじっと温のことをみつめている。

「倫理観は環境で培われるものだ。おまえをそういうふうにしたのは、志菜(ゆきな)っていう世話係や、声をかけてくれた庭師や、少しの期間だけでもおまえに関わった人たちとの出会いだろ」

たしかに、そうなのだろう。もし志菜たちと触れ合うことがなければ、温は誰が自分のせいで傷つこうが、死のうが、気に病むことすらできずに生き続けたのかもしれない。

「好きな人、大事な人がいるから、他人の死なんて願えない。おまえの本質はそこにあるんだと俺は思ってる。そういう部分まで憑き物に交じって消えたなら、おまえの自我自体がもう存在しえないいんだよ」

「……そう……なのかな……」

「俺の考えだから、やっぱり証拠はないけどな」

陸海の言葉に納得して、信じていいのだろうか。

自分にとって都合のいい言葉だから、信じたくなっているだけだろうか。

温は不安定な気分のまま、陸海に頷くことも、その言葉を否定することもできずにいる。

「どうしても不安だっていうなら、俺がひとつ、約束してやる」

「約束？」

温が問い返すと、陸海がゆっくり頷いた。

「おまえがそんな願いを持ったら、俺がちゃんと、叶う前に殺してやる」

まっすぐに自分を見る陸海の瞳を、温はしばらくじっと、見つめ返す。

陸海の提案は、温にとっては願ってもいないものだったのに。

なぜすぐに頷いて、嬉しいと、ありがとうと、言えないのだろう。

「……陸海さんになら、できますよね」

「ああ。やるよ」

よかった、と呟いて、温は笑うつもりだった。

でも笑えない。結局顔を伏せて、勝手に零れ落ちる涙を堪えきれずに、ベッドの上に落としてしまう。

「な……、……んで、こんな、悲しいんだろう……」

「悲しいって感情自体、憑き物が持ってないものだと思うんだけどな」

そう言いながら陸海がソファから腰を上げ、ベッドに近づくとその端に座り直した。

泣きじゃくる温の肩が、少し乱暴に抱き寄せられる。

「僕は、陸海さんに殺してもらえるなら、それが一番嬉しいって……本当にそう思って……」

言葉を重ねるたびに悲しくなる。

「殺されることが、怖いわけじゃないのに」

「でも俺にそんなことをさせたくないと思ってるからだろ」

泣き濡れた目で、温はただ陸海をみつめた。

「約束はするけど、実際に俺がおまえを殺す時は、心だの内臓だのがズタズタに引き裂かれるくらい辛いだろうな。そんなことを俺にさせようとしているから、悲しいんだよ、おまえは。俺にどれだけ残酷なことを頼んでるのか、わかってるから」

もう涙が止められない。みっともなく泣きじゃくる温の頭を、陸海が片腕で抱え込むように引き寄せた。

「けど……陸海さんは、憑き物が、嫌いだから……嫌われるくらいなら、死にたいって……」

「言わなかったか。俺は憑き物が嫌いだけど、人間の方がより一層大嫌いなんだ」

たしかに陸海は、何度もそう口にしていたが。

「……自分は、人間なのに」

「おまえは人間が好きなんだろ。だったらお似合いじゃないか」

陸海が冗談を言っているのか、本気なのか、温には判別が難しい。

困った顔をしている温を見て、陸海も苦笑する。

「おまえは一度だって憑き物を利用して、自分の利益にしようとしたことがないんだ。だったら俺が温を嫌う理由はひとつもない」

温と、陸海が呼んでくれる名前の響きに、眩暈のせいではなく頭がくらくらする。

自分の胸に頭を預ける温を、陸海が両腕で抱き直す。

「おまえが死ななかったのは、俺のせいもあったと思う。あの時は無我夢中で、何が起きたのか正直俺にもよくわかってないが、おまえを助けたい憑き物を俺が後押しした。いつもなら人から引き剝がして消す力を、逆におまえの中に入るよう誘導した——気がする」

「そう……なんだ……」

「あんなの初めてだったから、実際のところどういう力がどう働いたのか、わからないままだけどな。でも何でもいいからおまえを助けろと、憑き物に頼んだ」

憑き物に頼んだ、という陸海の言葉に、温は背筋の冷える思いがした。

「憑き物に願ったら……」

「代償は欲しがらないだろ。願うところは一緒だったんだ、俺に言われなくてもおまえの中にいた憑き物はおまえを生き存えさせようとしてたから、この通り俺は五体満足だ。何も奪われてない」

「……」

温は自分の腹に視線を落とし、その辺りに触れながら、見えるわけのない憑き物の姿を探した。

「それにおまえも、もう何も奪われない。本来の憑き物の目的は、おまえを孕ませて子を産ませることだったのに、それはできなくなった。自分で自分を孕ませるのは不可能だからな」

陸海が温の手に自分の手を重ねて、温の腹を撫でるような仕種になる。

「どうして、変わったんだろう。これが僕を助けようとするなんて、想像したこともなかった」

「三百年も部屋に閉じ込められてれば憑き物だって飽きるんじゃないか。しかも常に一緒にいる歴代の当主も、おまえみたいに外の人間のことは何も教えられず、部屋の中のこと、せいぜい古久喜の人間のことしか知らずにいた」

三百年。その年月を憑き物がどう感じるのか、温にはわからないが――途方もない数字だとは思う。

「おまえが外に連れ出して、いろいろ考えたり感じたりするうちに、影響を受けたんだと思う。おまえの気持ちに」

「……なるほど」

陸海の推論が、温の腑に落ちる。

外に出てから、陸海と出会ってから、温は楽しかった。嬉しいことがたくさん訪れた。

「やっぱり僕が陸海さんを好きになったから、影響を受けて、同じ気持ちになったのか」

言ってしまってから、温ははっとする。

好きだと、意図せず漏らしてしまった。

そもそも伝えたいと思ったことがないので、隠すという発想もなかったのだ。

「だとしたら、この先こいつが傷つけたかもしれない人たちを、温が助けたってことだ。おまえはもっと誇っていい。――死んだ方がいいような言い方をするな、おまえを好きな俺が気の毒だろう」

「……」

まじまじと、温は陸海をみつめる。

温が何か言おうとして開きかけた唇を、その動きを阻むように、陸海が自分の唇で塞いだ。

今は、昼間なのに。

憑き物が姿を見せる時間ではないし——そもそももう、祓う必要もないのに。

なのに、キスをしている。

（陸海さんの好きっていうのは、どういう好きなんだろう）

訊ねるまでもなかった質問の答えが直接返ってきた。

陸海は憑き物の靄を祓う必要もなく、ただ温に触れるために触れてくる。

「——まだ早いか？」

触れるだけのキスが物足りず、温が唇を開いたタイミングで、陸海が訊ねてくる。

間が悪いのか、それともわざとなのか。

温の「答えるまでもない」という気持ちで、陸海の頭を抱いて自分の方に引き寄せ、舌を差し出す。

温の頬を両手で包み、陸海もすぐにそれに応えてくれた。

しばらく舌を絡め、唇を食み合ううち、温は気恥ずかしさに耐えかねて少し俯いた。

「何だ?」

陸海に首を傾げて覗き込まれ、温はますます顔を伏せる。

「理由もなく、こういうことするのが、何だか……落ち着かないっていうか……」

「理由はあるだろ。好きで、したいから、するだけだ」

「……ん」

明快に陸海が言って、再び温に接吻ける。

それでも温の気恥ずかしさは消せない。憑き物に高められてから陸海に触れられることも恥ずかしかったが、今はまた別種の耐えがたさだ。

むずむずして止まらない。くすぐったい気分、というのか。

キスを続けながら、陸海が温の浴衣の襟に片手を滑り込ませる。肩からその布を落とし、少し首を捻っている。

「ああ、そうか。形が違うのか」

温が今身につけているのは、ホテル備え付けの寝間着で、帯ではなく縫い付けられた二箇所の紐で止めるタイプのものだ。いつものように帯を解こうとして、違和感を覚えたらしい。

「これだったら、あんまりはだけなくてよかったのかも……」

寝相が悪くても、紐のおかげで簡単には脱げないようになっている。浴衣というよりはパジャマというべきなのかもしれない。

いつも憑き物に浴衣を脱がされ、陸海が訪れるころにはほとんど肌が剝き出しだったのも、温の羞恥を煽っていた。

「今は脱がしやすい方がいいだろう。――いつも憑き物なんかに脱がされてるのを見て、こっちは嫉妬してたんだぞ」

真面目な顔で言う陸海に、温は驚いた。

「……嫉妬……」

「気が変になるかと思ってた」

陸海が温の左胸の上に直接触れている。

「まあここの印がなくなったってだけで、大分気が楽だな」

そこにあったはずの赤黒い花の痣は、綺麗に消えてなくなっていた。

「今日は俺だけが温に触れる。今日はというか……今日から、ずっと?」

何か問われるように言われて、温はほんの少し逡巡したあと、頷いた。

「ずっと……もう陸海さん以外にされるの、いやだ……」

迷ってしまったのは、本当に陸海のそばに自分がいてもいいものかと考えてしまったからだ。

憑き物落としがうまくいけば、すぐに陸海の家を出て行くつもりだった。そもそもそれほど長くいるとも思っていなかった。成功するにしろ、失敗するにしろ、決着はあっという間だと予測していたから。

「ずっと一緒にいたい。陸海さんの家に帰りたい」

はっきりと望みを口にしたら、陸海の指の腹に目許を撫でられた。勝手に涙が零れていたらしい。

「そのための突貫リフォームだ。俺一人ならともかく、廃屋だとか幽霊屋敷だの言われるところにこのままおまえを置くんじゃ、さすがに気がひける」

陸海がベッドの上に乗り上げ、温を横たえさせると、その上に覆い被さってきた。

「でもまだ、古久喜の家の後始末とか……いろいろ、あるんだろうなと……」

そこが温には怖かった。もう『奥座敷』はいない。あの部屋に温は二度と戻りたくないし、温の中で息を潜めたようにしている憑き物は、二度と誰かの欲望のために人を殺したり傷つけることはないだろう。

それを、周囲が納得するのか。

あるいは古久喜家のせいで何かを奪われた人たちが、温に復讐しに押しかけてくる可能性だって大きい。

「陸海さんに迷惑をかける時があるかも……」

「俺が何とかする」

陸海はすでにそのことについて考えていたのだろう。一瞬の躊躇もなく言い切った。

「使える伝手は何でも使って、温がこの先、環境的にも精神的にも楽に暮らしていけるよう、手を尽くす」

「陸海さんに任せきり、っていうのは……」

「いいんだよ、大人に頼って。おまえはまだ、十七歳なんだから」

そう言ってから、陸海が少し変な顔になった。ぎゅっと眉を寄せて、考え込むような。

「……陸海さん？」

何か気になることがあるのかと、温は不安になった。

「そうだ、十七歳か。まあ――いいか、今さら」

「あの、何が？」

「あと一年も待たずに成人だし、今でも合意の上で、一生面倒見るなら純愛だ」

「……？」

よくわからなかったが、陸海は納得したように頷いて、再び温の唇に唇を落としてくる。

キスだけではなく、初めて触れるためだけに触れる行為に、温はあっというまに陶酔した。

陸海は優しく温の首筋を撫で、吸い上げて、くすぐるように胸の先を指の腹で擦ってくる。

刺激されて尖った乳首を、唇に含まれて強く吸われ、軽く歯を立てられて、じんじんと痺れるような刺激が拡がっていく。

「あ……、……ん……」

どこをどう触れられると弱いのか、陸海にはもう知り尽くされていた。

いつもは痛みや恐怖に翻弄されて、それで感じる自分を嫌悪していたけれど、今はそんな必要が欠片もない。

触れられることが嬉しくて、気持ちよくて、素直にその感覚に身を任せることができる。

それがこんなにも幸福なことだと、温は初めて知った。

陸海は温の胸に唇でも触れ、温はそんな陸海の服を脱がそうと苦戦する。陸海はシャツとパンツを身につけていた。自分でも浴衣以外の服を着るのが苦手だというのに、人の服を脱がすのはなかなか難しい。

焦れる温を見兼ねたのか、それとも自分も温と直接肌を合わせたかったのか、陸海が一度身を起こしてシャツを脱いでいる。

温はつい、じっとその様子を見上げた。

いつも自分ばかりがあられもない恰好で、陸海は服を着たままだったから——その裸を見るのも初めてで、胸が高鳴る。

「……痛そうだ」

陸海の体はあちこちにたくさん酷い傷がついていた。

憑き物落としの時についたものだろうか。

「もうどこも痛くない。未熟だった頃の傷ばかりだからな」

陸海はさっさと身に纏ったものをすべて脱ぎ捨てた。温はどうも目のやり場に困って、結局顔を横に向けた。

そんな温の頬に、陸海が唇をつけてくるので、くすぐったくて首を竦めてしまった。

「温は傷が残らなくて、よかった」

そして腹に掌で触れてくる。

越阪部の呪具に貫かれたはずの傷が、今はもう、何ごともなかったかのように消えている。目を覚ましたばかりの頃は、いくらか痕がついていたはずなのに。

「……やっぱり、化け物なんだなあ……」

「そこは感謝してやってもいい」

つい溜息をついた温に、陸海がなぜか偉そうな口調で言った。

「温は古久喜家のことで俺に迷惑がかかることを心配してたけどな。正直、俺のそばにいる方が危ない時の方が多いかもしれないぞ。俺のところに転がり込む仕事は厄介な憑き物が関わっていることが多い上に、俺には敵が多いからな」

「でも……多分僕は、これからもひどい怪我をしたり、死ぬようなことも、ないから」

そう考えると、たしかに感謝したくなるかもしれない。

自分が痛い目に遭わずにすみそうなことではなく、陸海に余計な心配をかけたり、足手纏いにならずにすみそうだと、そう思って。

「何だ。いいことずくめだな」

陸海の掌が、温の腹から腰の方へと移る。

腰骨を撫でられただけでぞくぞくと鳥肌が立ち、声が漏れそうになった。

陸海の動きは憑き物落としの時と同じく躊躇なく、むしろそれに気を取られないからか、いつも以上に執拗にも感じられた。

足の間で昂ぶりかけた性器にも、陸海の掌が触れる。

「……ぁ……」

根元から数度擦ったあと、陸海が温の足を開かせ、そこに頭を埋めた。

「……っ……んっ、く……」

性器を迷いなく咥え込まれ、音を立てて吸い上げられて、温は腰を浮かせないようにするので精一杯だった。

どうしても逃げがちになる温の腰を押さえつけて、陸海がより一層熱心に温の茎を口中で嬲る。水音がいやらしく響き温は恥ずかしさに泣きそうになる。

陸海がわざと音を立てている気がして、怒ってやりたいような、甘えたいような、両極端な気分を味わわされる。

「や……陸海さん、音、やだ……」

結局怒っているつもりで、甘えたような声を漏らしてしまう。一度甘ったるい声を零すと止まらず、だらしない声を上げていると意識するほどに、陸海に与えられる刺激が増していく。

陸海の唾液と、温の零す先走りが溢れて、会陰の方まで流れていく感覚がこそばゆく、温は焦れったく脚をもぞつかせた。

その脚を陸海が摑み、膝を曲げ、さらに大きく開かされる。

陸海は温の性器を咥えたまま、濡れた指で尻の狭間の窄まりに触れた。

「……ッ……」

襞の周囲を指で撫でられ、濡れたところに、つぷりと指を差し入れられる。

温は固く目を瞑り、陸海の指が自分の内側に入り込む感触を味わった。

陸海はこれも遠慮なく、温の内壁を擦るように指を進めていく。

咥えたままではやり辛かったのか、いつのまにか唇を茎から外し、代わりに手で根元から擦り上げながら、反対の手で温の奥を刺激し続けている。

「あ……、……」

ぬるぬると浅いところを擦られ、温は声の交じった吐息を漏らす。

時間をかけて陸海は内壁を擦り、濡らして、次には指を増やしてきた。

次第に深いところにまで陸海の指が達し、腹側にある部分を撫でられると、温は声もなく大きく身震いした。

「っ……、――、――ッ！」

温の反応を見て、陸海が同じ場所を何度も擦ってくる。

堪えきれず、温は腰を浮かせてしまう。

「あっ、ぁあ……っ、……や……そこ、やだ……！」

怖いくらい腰が震えて、体の奥から熱が迫り上がってくる感じが、怖い。

なのにゆっくりと指を抜かれた時はどこか物足りなくて、縋るような目で陸海のことを見てしまった。

「――温、ここも、憑き物に入られたことはあるか？」

珍しく少しだけ迷う口調になりながら、陸海が訊ねてくる。

温は全身赤くなった。

憑き物の触手に、口や胸や、性器を犯されることは珍しくもなく――今陸海が触れていた場所も、中の感触を憑き物は知っているはずだ。

「……いや、聞くことじゃないな。悪い」

陸海に悔やむように謝られて、温は赤くなったままの顔を横に逸らした。

「挿れるぞ」

囁くように陸海が言うと、指で解され、濡らされた場所に、熱くて固いものが押し当てられる感触がした。

温はぎゅっと目を閉じて、それが自分の中に入り込むのを待つ。

「……あ……、……ぁっ……」

陸海はゆっくりと、温になるべく苦痛を与えないようにと注意を払う動きで、押し入ってきた。

大きく中を拡げられる圧迫感に、温は身を固くする。

力を抜いた方が楽だと知っているのに、うまくいかなかった。強烈な違和感に涙が零れてくる。

「こ……んな、大きいのが、入ってくるのは……初めてだ……」

息を乱しながらどうにか伝えると、陸海の動きが一瞬止まった。

途中で止まられると苦しい。温が陸海を見上げると、視線を返され、同時にぐっと奥深くまで身を進められた。

「っう……ぁ……ッ」

悲鳴のような声が漏れる。やっぱり苦しい。腹の中に何かねじ込まれる感じは初めてではないはずなのに、肉の感触が生々しくて、温は惑乱する。

陸海が温の脚を抱え上げ、強く体を押しつけてくる。

指で擦られて感じた場所をまた突かれ、息を詰まらせたところで奥に潜り込まれ、次々と与えられる刺激に目が眩む。

辛さの奥に、身震いするほどの快楽があった。

繰り返し中を穿(うが)たれるうち、自分の吐息や声が熱っぽく、色を含んだものに変わっていくことに気づくと、ひどい羞恥心が湧いてくる。

無様な顔を見られたくなくて掌で目許を隠そうとしたら、陸海に手首を摑んで外された。

「……やだ……恥ずかしい……」

懇願するつもりで言ったのに、陸海はじっと温を見おろしながら、温に押しつける腰の動きを強くしてくる。

「……ッ」

大きくて、苦しい。

苦しいのに、気持ちいい。

「ぁ……っ、あっ、ん……、ん……っ」

甘えたような声を漏らしている自分がますます恥ずかしく、なのにそのせいで、余計に快楽を煽られている気がする。

「陸海さん……陸海さん」

どうしていいのかわからず、相手の名前を呼んだ。

それに応えるように、陸海が開かれたままの温の唇に唇を合わせた。

差し出された舌に自分から舌を絡ませ、ねだるような仕種で陸海の頭を抱える。

触れ合った唇も、繋がったもうひとつの場所も、熱くて、そこから体中溶けてしまいそうだった。

声を漏らしながらその感触に没頭しているうち、背中の奥から震えが湧いてくる。

「……っ……」

それを堪えようと身構える間もなく、温は身を強張らせ、射精していた。

「は……、……あ、ぁ……」

達したはずなのに、性器は固くなったままだ。

陸海はまだ達しておらず、だが温が小さく震え続けているのを見て動きを止めて、体を抱き締めてくる。

「辛いか?」

陸海に問われて、考える間もなく温は首を振る。

「気持ち、よすぎて……、……ん」

応える途中でもう一度唇が降りてきて、深く接吻けられた。

舌を絡め合いながら、陸海がまたゆっくりと、温の中で抜き差しを始める。

さっきはわけもわからず達してしまったが、今はもう少し陸海の感触を味わおうと繋がった部分に集中するものの——温はまたすぐに陸海の動きに翻弄されて、ただ声を漏らすことしかできなくなる。

「好き……陸海さん、気持ちいい、好き……」

こういう行為の時に、苦痛以外の言葉をどう使えばいいのかわからず、温はただ頭に浮かぶままの言葉を口にした。

陸海にも何か言ってほしい。そう思いながら相手の背中に手を回すと、耳許に接吻けられる。

「温」

好きだとか、愛してるだとか、言われたわけでもないのに――その呼びかけだけで温には陸海の気持ちが伝わってきて、たまらない快感を覚えて体を震わせた。

そして最後に陸海が自分の中で果てるまで、ずっとその名前を譫言のように呼び続けた。

随分と長いことホテル暮らしをしたが、温には何の不自由も感じられなかった。

同じ部屋の中で陸海と寝起きして、腹が減ればルームサービスを頼んだり、外へ食べに出かけたり。

陸海と一緒に過ごすだけで嬉しいし、気づけばどちらからともなく相手に触れて、そのままベッドに入って――などという時間を繰り返すのもまた、幸せだった。

一ヵ月ほど経ったころ、陸海のリフォーム工事が終わったと連絡がきて、温は陸海とホテルを出ることになった。

何だか名残惜しい気分もあったが、久々にあの家に戻れることは、温にとっても嬉しい。

「温、春になったら、学校に行くか？」

帰り道、思いつきのように陸海が言った。

「学校……」

温はぼんやりと、それを口の中で繰り返してしまう。

これまで一度も縁のなかった場所だ。

「でも、僕は義務教育とかも受けてないし……」

「受験まで勉強すればいい、俺でもそこそこ教えられると思うから」

「うーん……」

迷うのは、少し怖かったからだ。

自分のような人間が——あるいは人間なのかもわからないような存在が、普通の子供と一緒に過ごすことができるのかと。

でも、本音を言えば、ずっと憧れはあった。

ホテルの近くに学校があるらしく、制服姿で行き交う自分と同じ年頃の人たちを見て、温が知らずに羨望の眼差しを向けていたことに、陸海は気づいていたのかもしれない。

「食い扶持なら俺がいくらでも稼げるし、温の資産もあるだろうけどな」

「そうだ。今回の報酬……」

温は急に思い出した。陸海には、好きなだけ古久喜家の金を渡すと言ってあったはずだ。

「憑き物落としの仕事が成功なのか失敗なのかわからないから、それはいい。おまえの将来のために取っておけ」

温の依頼は「憑き物を祓ってほしい」ということで、だが結局温の中から憑き物が消えたわけでもないから、陸海は報酬を受け取る気はないらしい。

「でも、ここまでしてもらって」

「もらったらもらったで、全部温のために使うから、何でもいいけどな、俺は」

本当に、この人を金の亡者だのと言った人は、陸海の何を見ていたのだろうと温は不思議になる。

「とにかく……今からでもそういう暮らしをしてみるのは、温の先々のためになるんじゃないかと思う」

陸海の提案は思いつきなどではなく、おそらく今までずっと考えてくれていたことなのだろう。

そう気づくと、温はあっさり、腹が決まった。

「僕を受け入れてくれるような場所があれば。というか、勉強が間に合えば、か……？」

教科書すら手に取ったことのない自分にどこまで何ができるのか、温にはさっぱりわからない。

「別にとんでもない進学校に行けっていうわけじゃないし、通信制とか、探せば何でもある。

せっかく古久喜家を出たんだから、やりたいことは何でもやってみろ」

「……はい」

温は顔を綻ばせ、陸海がその頭を軽く叩く。

そうされるのがあまりに心地よかったので、温は少しだけ不安というか、不満を漏らした。

「でも学校に行くようになったら、陸海さんと過ごす時間が減るっていうのが……」

「だから今のうちにと思って、散々しておいたんだ」

「……」

しれっと言う陸海に、温は赤くなった。

ホテルで昼も夜もなく陸海と体を繋げたことを、人通りのある道だというのに思い出してしまう。

「冗談だ。というか、同じ家で暮らすなら、誰に咎められることもなく、いくらでもやれるだろ」

——出会った時はまさか、仏頂面で自分に刺々しい言葉ばかり向けるこの人が、こんなに自分を甘やかして、平気でそんなことを言うようになるとは、思いもしなかった。

こんな幸せが自分に訪れるなんて、想像できるわけもなかったのに。

笑いながら溜息を漏らした時、体のどこかで憑き物が甘えた声を漏らしている錯覚がして、温は心の中で何となく自分の腹に手を当てた。

（ごめん、この幸せは僕だけのものだけど……それでもいいなら）

この幸福が自分の中にあるものにも伝わるのなら、温の怖れるようなことは起こらないかもしれない。

誰も傷つけず、普通の人間として、陸海と一緒に暮らすことができるのかもしれない。

そう思えることが、喩えようもなく嬉しかった。

「家に帰ったら、引越祝いに料理を作りますね」

陸海も温の隣で笑っていたのに、その提案を聞くと、わずかに表情が強張った。

「まあ、おまえが経験したいことなら、何でも」

「一杯練習しますから」

「はいはい」

いい加減に頭を叩かれる仕種ですらも嬉しい。

温は戻ったらやりたいことをいくつも陸海と一緒に数え上げながら、この先も二人で暮らす家へと向かった。

あとがき

また好きなものを好きなように書かせていただきました。

もしかしたらわたしは「何かに寄生される」というモチーフと、「おっさんと若人が同居する」というシチュエーションが好きなんだろうか、つい最近思い至りました…。

陸海はおっさんというほどの年齢でもありませんが、今回温が割と若めだったので、年齢差的にはすごくツボなところです。ずっと書いていられる。


今回出てくるものの名称については、いろんな呼び方はあるけど陸海たちはこう呼んでますよ、という感じで使っています。

怖い話というよりは淫靡な話という風情にしたかったので、そういうところがちょっとでもうまく書けてればいいなあと思ってます。どうだろう。

いつもよりちょっとだけエロシーンが多い気がするんですが、ひたすらに、楽しかったです。

そして書き終えたあとも、温のこれまでとか、これからの話をつらつら考えていたりします。学校に入るにしても卒業する頃には二十歳を超えているんだな…？　とか。

温はときどきふといろんなことを考えて塞ぎ込むこともありつつ、何にせよ陸海の仕事を手伝ったりするんじゃないかなーとぼんやり思いを馳せる。

陸海の方は、大事な人をたくさんなくしてしまったけど、温は当分死なないだろうし怪我の心配もないだろうし、大変なみつけものだなと毎日しみじみしていると思います。ブレない。

そしてだいぶ、かなり、隙あらばいちゃいちゃするタイプの二人になるんだろうという予感しかしません。


本当に好き勝手書かせていただいたお話ですが、どこかしら楽しく読んでいただけましたら嬉しいです。

イラストをミドリノエバさんに描いていただきました。大変にクールで色っぽい二人をありがとうございます…！　いただいたキャラデザインをニコニコ眺めながら書きました。

そしてこの本が作られる・売られるためにご助力いただいたみなさま、どうもありがとうございます。

何よりお手に取ってくださった方に心より感謝しつつ、この辺で。

また別の場所でもお会いできますとさいわいです。

渡海奈穂

この本を読んでのご意見、ご感想を編集部までお寄せください。

《あて先》〒141－8202 東京都品川区上大崎3－1－1 徳間書店 キャラ編集部気付
「憑き物ごと愛してよ」係

【読者アンケートフォーム】
QRコードより作品の感想・アンケートをお送り頂けます。
Ｃｈａｒａ公式サイト http://www.chara-info.net/

Chara

憑き物ごと愛してよ……【キャラ文庫】

■初出一覧

憑き物ごと愛してよ……書き下ろし

2021年7月31日　初刷

著　者　渡海奈穂
発行者　松下俊也
発行所　株式会社徳間書店
〒141-8202　東京都品川区上大崎3-1-1
電話　049-293-5521（販売部）
　　　03-5403-4348（編集部）
振替　00140-0-44392

印刷・製本　株式会社廣済堂
カバー・口絵
デザイン　モンマ蚕（ムシカゴグラフィクス）

ISBN978-4-19-901037-8

渡海奈穂の本

好評発売中

「御曹司は獣の王子に溺れる」

イラスト✦夏河シオリ

御曹司は獣の王子に溺れる
渡海奈穂
イラスト◆夏河シオリ
毛並みに触らせてもらえるまで、
勝手にお世話させていただきます!!
キャラ文庫

次期社長候補の御曹司が、事故で異世界に飛ばされた!!　しかも身元不明で拘束されてしまった!?　遠藤（えんどう）が送り込まれた先は、山奥に佇む廃墟のような城——そこに棲むのは、呪いで獣の姿にされたバスティアン王子だった!!　恐怖より先に白虎の美しさに心を奪われた遠藤は、側仕えを志願してしまう。「お前は私が恐ろしくないのか?」父王に疎まれ人間不信の王子は、遠藤になかなか心を開かず!?

渡海奈穂の本

好評発売中

「狼は闇夜に潜む」

イラスト✦マミタ

人に擬態し、闇に紛れて人間を喰らう人狼が街に潜んでいる!?　衝撃の事実を広瀬に告げたのは、季節外れの転校生・九住。人狼狩りを生業とする九住が、瀕死の重傷を負い広瀬に助けを求めてきたのだ。驚く広瀬が傷口に触れたとたん、瞬時に傷が塞がっていく——。「こんなに早く怪我が治るなんて、俺達はきっと相性がいい」。高揚する九住は、俺の相棒になってくれと契約を持ち掛けてきて!?

渡海奈穂の本

好評発売中

「僕の中の声を殺して」

イラスト✦笠井あゆみ

人に寄生して体を乗っ取る謎の生命体が出現!! しかも、言語を発するらしい!? 捕獲を試みる市役所職員・幟屋(のぼりや)が協力を依頼したのは、引きこもりの青年・宮澤(みやざわ)。動植物の言葉がわかる能力を持つ男だ。こんなに煩いのに、なぜ皆にはこの声が聞こえないの…？ 虚言癖を疑われて人間不信に陥っていた彼は、13年間一歩も外に出たことがない。怯える宮澤を、幟屋は必死に口説くけれど!?

渡海奈穂の本

好評発売中

「河童の恋物語」

イラスト✦北沢きょう

頭に皿はないけど、手に水掻きはある…
じゃあ、下半身はどうなってんだ──!?

うちのクラスには河童がいるから、絶対に怒らせるな──。田舎に引っ越してきた高校二年生の啓志は、転校初日から呆然!! 頭に皿もないし、水浴びが好きだからって太郎が河童なんて信じられるか!! けれど、怒らせると雨が降るからと遠巻きにされ孤立している太郎のことがなぜか放っておけない。「おれがこわくないのか?」不思議そうに、どこか嬉しそうに懐いてくる姿が可愛く思えてしまい!?

渡海奈穂の本

好評発売中

「彼の部屋」

イラスト✦乃一ミクロ

激しい家鳴りと、耳元で響く呻き声、頻繁に壊れる電化製品――アパートの不気味な現象に疲労困憊なリーマン・藤森（ふじもり）。そんな折、同じビルで働く江利（えり）が、突然声をかけてきた。「藤森さんの部屋、出るでしょ？」最初は胡散臭く思ったが、霊現象に詳しく、霊感ゼロな藤森に的確な助言をしてくれる。なぜここまで俺を護ってくれるんだ――江利を不審に思いつつも、霊にビビって自分の部屋に泊めることに!?

渡海奈穂の本

好評発売中

「学生寮で、後輩と」

イラスト✦夏乃あゆみ

寮生同士の不適切な関係は即退寮——!? 高校3年生の春菜は、美人で成績優秀だけど人嫌い。誰もが遠巻きにしていたのに、なぜか後輩の城野に懐かれてしまう。自宅生なのに毎日寮に押しかけては退寮時間ギリギリまで居たがったり、図書室で待ち伏せたり…。皆の人気者がどうして俺にかまうんだ!? 未経験な感情に心もカラダも戸惑う恋愛初心者と一途な後輩の、密室で育む甘い恋♥

渡海奈穂の本

好評発売中

「小説家とカレ」

イラスト✦穂波ゆきね

横暴で尊大、口を開けば悪態ばかりの幼なじみ――小説家の芦原(あしはら)は、そんな高槻(たかつき)にずっと片想いしている。けれど高槻は、昔からなぜか小説を書くことに大反対!! 「おまえの小説なんて絶対読まない」と言っては、執筆の邪魔をしにやって来る。それでも時折武骨な優しさを見せる高槻が、芦原は嫌いになれなくて…!? この気持ちを知られたら、きっと傍にいられなくなる――大人同士の不器用な恋♥

渡海奈穂の本

好評発売中

[兄弟とは名ばかりの]

イラスト✦木下けい子

父親の再婚で、大嫌いなアイツと兄弟になっちゃった⁉　高校二年生の伊沙は、遅刻魔で服装も校則スレスレ。ところが義母の連れ子は、学年首位の委員長・稜だった‼　「おまえと馴れ合う気はない」自分とは真逆の伊沙に、敵意剥き出しの稜。生活態度を叱責され、伊沙も激しく反発する。両親の前では良い兄弟を演じていても、裏では喧嘩ばかりで…⁉　一つ屋根の下、多感な高校生の繊細な恋♥